AF235775

Jens Johler

DIE BEGEGNUNG

Roman

© 2022 Jens Johler
Herstellung und Verlag: BoD – Books on Demand,
Norderstedt
ISBN 978-3-756222-87-2

Jens Johler schrieb Theaterstücke, Erzählungen, Politthriller
(Kritik der mörderischen Vernunft) und als Co-Autor die
Biographie der Band Ton Steine Scherben. Sein Bach-Roman
„Die Stimmung der Welt" wurde ins Englische und Ungarische
übersetzt. Zuletzt erschien sein Erzählungsband „Beim
Verleger – Geschichten aus dem Literaturbetrieb".

Ich war aufgewachsen, wie eine Rebe ohne Stab,
und die wilden Ranken breiteten richtungslos
über dem Boden sich aus. (...)
Ich fühlte, dass mirs überall fehlte, und konnte
doch mein Ziel nicht finden. So fand er mich.

Hölderlin, Hyperion

PROLOG

Ich las gerade in der *Süddeutschen Zeitung* einen Artikel über Kevin Spacey, als mein Handy klingelte. Die Nummer auf dem Display sagte mir nichts. Ich überlegte, ob ich die Mailbox anspringen lassen sollte, wie ich es immer tat, wenn ich nicht wusste, mit wem ich es zu tun haben würde, nahm dann aber doch, ganz gegen meine Gewohnheit, das Gespräch an.

„Ronneburger", sagte eine angenehme, warme, dunkle Stimme.

Erinnerungen stiegen in mir hoch. Ich kannte die Frau nicht, aber ich kannte den Namen. Jeder kannte ihn. Johannes Ronneburger war ein berühmter und, wie oft gesagt wurde, *genialer* Schauspieler. Er hatte in Bochum gespielt, in Bremen, in Düsseldorf, und war schließlich nach Engagements in Zürich und Wien (natürlich an der Burg) an den Münchner Kammerspielen gelandet. Ich war ihm in meiner Schulzeit begegnet, *vor hundert Jahren,* wie ich manchmal sagte. Genau genommen waren es etwas mehr als fünfzig. Wie alt wir geworden waren!

„Und Sie sind ...?"

„Vera Ronneburger", sagte sie, „seine Frau. Er hat mich gebeten, Sie anzurufen."

„Das ist sehr freundlich von Ihnen", sagte ich, ohne mir meine Überraschung darüber anmerken zu lassen, dass Johannes eine Frau hatte. „Aber", fügte ich hinzu, „warum ruft er mich nicht selber an?"

„Oh", sagte sie, und Bestürzung lag in ihrem Ton, „ich dachte, Sie wüssten es. Es kam schon in den Nachrichten. Johannes ist gestern früh gestorben."

Kevin Spacey rutschte mir von den Knien, und es war mir peinlich, dass *die Süddeutsche* so raschelte, aber ich konnte einfach nicht sitzen bleiben, ich musste mich bewegen, zum Fenster natürlich, man geht in solchen Augenblicken immer zum Fenster, vielleicht, um den Himmel zu sehen oder wenigstens die Bäume. Ich war über mich selbst erstaunt. Ich hatte den Namen Johannes Ronneburger oft gelesen und immer wieder Fotos von ihm gesehen, im Kulturteil der *FAZ*, in der *Süddeutschen,* der *Neuen Zürcher* oder auch im *Tagesspiegel*, aber es hatte mich kaum noch berührt. Johannes war für mich eine Gestalt aus ferner, versunkener Vergangenheit, auch wenn mir immer bewusst war, dass ich ohne die Begegnung mit ihm nicht der geworden wäre, der ich war. Jahrelang hatte ich ihn dafür verflucht, nicht für alles, aber doch für vieles, was ich von ihm gelernt und übernommen hatte. Man lernt ja nicht nur gute und richtige Dinge, sondern auch falsche und vollkommen verquere.

„Sind Sie noch da?", fragte Vera Ronneburger, deren Stimme mich, wie mir jetzt einfiel, an die Stimme von Johannes' Tante erinnerte.

„Ja", sagte ich. Entschuldigen Sie. „Ich bin nur etwas verwirrt. Hatte er einen Unfall?"

„Nein", sagte sie. „Es war Krebs. Bauchspeicheldrüse. Sie haben es erst vor vier Wochen festgestellt, da war schon alles zu spät. Die Stunde der Palliativmedizin. Gottseidank hatte er kaum Schmerzen. Ich war bei ihm, als er starb. Er war schon nicht mehr bei Bewusstsein oder – wer weiß das schon so genau?"

Es entstand eine Pause, und ich dachte, sie wollte vielleicht noch etwas sagen, aber sie fragte nach einer Weile nur noch einmal: „Sind Sie noch da?"

„Verzeihen Sie", sagte ich, „es berührt mich doch sehr. Mehr als ... Er hat Sie also gebeten, mich anzurufen?"

„Ja", sagte sie, „es war sein Wunsch, dass Sie zu seiner Beerdigung kommen."

„Wirklich?"

„Oh ja. Er hat gerade in letzter Zeit wieder sehr viel von Ihnen gesprochen. Vielleicht überlegen Sie es sich?"

„Das werde ich", sagte ich. „Ich werde es mir überlegen." Aber noch während ich das sagte, wusste ich, dass es da nichts zu überlegen gab.

„Wenn Sie erlauben", sagte ich, „warum hat er mich nicht selbst gebeten zu kommen? Ich meine, als er noch lebte?"

„Dazu kann ich Ihnen nichts sagen."

Es klang ein wenig geheimnistuerisch, und ich war versucht zu fragen: Können Sie nicht oder wollen Sie nicht? Aber dann fragte ich doch nur, wann und wo die Beerdigung stattfände, und ob sie mir einen Platz in der Kirche reservieren könne, es werde doch sicherlich sehr voll werden.

„Nein", sagte sie, „die Beerdigung findet in kleinem Kreise statt, die große Abschiedsfeier wird erst später von den Kammerspielen veranstaltet. Aber ich werde Ihnen in jedem Falle einen Platz freihalten. Danke, dass Sie kommen wollen."

Drei Tage später saß ich im Zug nach München. Ich hatte ein Manuskript dabei, das ich vor rund dreißig Jahren geschrieben hatte, in einer Zeit, in der ich noch nicht wusste, ob ich über die Begegnung mit Johannes froh sein oder sie verfluchen sollte. Ich wusste es immer noch nicht, nur hatte ich aufgehört, darüber nachzudenken.

Als der Zug den Hauptbahnhof verlassen hatte, holte ich das Manuskript aus meiner Reisetasche und begann, darin zu lesen.

DAS MANUSKRIPT

Ich erinnere mich noch genau an die Worte unseres Direktors an dem Abend, als wir mit ihm zusammen in der *Kulisse* saßen, dem Theaterlokal an der Maximilianstraße. Er sagte, das Wichtigste im Leben eines Künstlers sei die Begegnung. Er zog, als er das sagte, die Augenbrauen bedeutungsvoll nach oben und ließ den Mund halb geöffnet stehen, wie es seine Art war. Dann schloss er ihn wieder und wiederholte noch einmal mit seiner hohen Stimme und demselben bedeutungsvollen Ausdruck: *Die Begegnung!*

Ich dachte damals unwillkürlich an Johannes. Tatsächlich gab es – und gibt es bis heute – keine Begegnung, die mich so tief beeinflusst hat, wie die mit ihm.

Johannes

In der Schule, auf dem Gymnasium, da sah ich ihn. Die Osterferien waren vorbei, das neue Schuljahr hatte begonnen, die Klasse war fast vollständig versammelt und wartete auf den neuen Deutschlehrer. Wobei *warten* soviel hieß wie Papierschwalben fliegen lassen, mit Bällen jonglieren, Tarzan-Hefte lesen oder einander von den Ferienerlebnissen erzählen. Doch plötzlich wurde es still, und als ich zur Tür blickte, sah ich einen hochgewachsenen jungen Mann mit Hornbrille, zurückgekämmtem Haar, gekleidet in eine dunkelgraue Hose, dunkelgraues Jackett und dunkelgrauen Pullover, unter dem der Kragen seines weißen Hemdes aussah wie das Kollar eines Priesters.

Alle hielten ihn für den neuen Deutschlehrer, und der Graugekleidete tat auch nichts, um diesem Eindruck entgegenzutreten. Er forderte uns auf, uns zu setzen und wartete mit strenger Miene, bis alle ihre Plätze eingenommen hatten. Dann begann er, immer noch in der Tür stehend, eine förmliche Begrüßungsrede, an deren Wortlaut ich mich nicht mehr erinnere, und erst, als Dr. Ahrndt, der echte Deutschlehrer, hinter ihm auftauchte, gab er sich als Mitschüler zu erkennen und suchte sich einen freien Platz. Er fand ihn neben Peter Pasing, dem Schüler, der gerade noch mit drei Bällen jongliert hatte.

Schon bald darauf bildete sich eine Clique um Johannes herum, zu der auch ich gehörte, obwohl ich mit Abstand der Jüngste in der Klasse war und vieles von dem, worüber die anderen scherzten und lachten, nicht verstand. Ich war vierzehn; die anderen fünfzehn oder sechzehn; Johannes, da er schon zweimal sitzengeblieben war, siebzehn. Wir alle, die wir nach der Schule im Pulk um ihn herum zum Othmarschner Bahnhof und in die Waitzstraße gingen, bewunderten ihn für sein umfangreiches Wissen über Geschichte und Politik, Literatur, Philosophie und Kunst. Nur von Mathematik, Physik und Chemie hatte er keine Ahnung, weil ihn die Naturwissenschaften nicht interessierten, ja, er verachtete sie sogar, und das war auch der Grund dafür, dass er schon zweimal sitzengeblieben war.

Unser Ziel, wenn wir in die Waitzstraße gingen, war die italienische Eisdiele, allein schon wegen der Jukebox. Wer immer ein paar Groschen übrig hatte, setzte das Schallplattenrad in Bewegung und bekundete damit seinen Musikgeschmack. Die Jazzfreunde wählten *Ice Cream* von Chris Barber, *Skokiaan* von Louis Armstrong oder *Blueberry Hill* von Fats Domino. Peter Pasing, der übrigens Pfarrerssohn war und später einmal ein berühmter Maler werden sollte, hielt es mehr mit Connie Froboess oder Caterina Valente, und der Einzige, der sich traute Rock 'n' Roll zu wählen, war Klaus Hansen, aber auch er tat so, als wäre es ein ironischer Akt, wenn er *Rock around the Clock* von Bill Haley auswählte, oder *Tutti Frutti* von Elvis Presley. Wir alle waren fasziniert vom Rock 'n' Roll, aber niemand traute sich, das zuzugeben. Rock 'n' Roll war etwas für Halbstarke und Proleten, und wir waren keine.

Noch mehr als das Eis und die Jukebox bezauberten mich die Eisverkäuferinnen, Gina und Bruna. Bruna hatte rötlichblonde Haare und braune Augen, Gina schwarze Haare und blaue Augen. Bruna lachte jeden an und war ungeheuer sexy, Gina war ernst und lächelte in all den Jahren nicht ein einziges Mal. Die anderen schwärmten von Bruna, ich verliebte mich in Gina. Ich weiß nicht, warum. Vielleicht wollte ich sie aus ihrer Traurigkeit befreien. Vielleicht glaubte ich auch, es gäbe eine geheime Seelenverwandtschaft zwischen uns, und sie müsste das ebenso spüren wie ich. Aber sie schenkte mir in all den Jahren nicht ein einziges Mal ein Lächeln. Was mich tröstete, war nur, dass sie es auch keinem anderen schenkte.

Aber wenn ich auch zu der Clique gehörte, die sich um Johannes herum bildete, so blieb ich doch eher am Rande, an der Peripherie. Das lag nicht nur daran, dass ich der Jüngste war, sondern hatte auch damit zu tun, dass ich mich zur selben Zeit mit einem anderen Schüler anfreundete, der ebenfalls neu in unsere Klasse gekommen war.

Ich weiß nach all den Jahren nicht mehr, wie es dazu gekommen war, dass er neben mir saß. Hatte er sich zu mir gesetzt oder ich mich zu ihm? Ich weiß nur, dass er mir mit seiner schlaksigen Gestalt, seiner großen Nase und seinen lustigen Augen schon vorher aufgefallen war, schon bevor er zu uns in die Klasse kam, auf dem Schulhof oder auch in der Aula bei einem Schulkonzert. Es ist seltsam: ich habe nur das Bild im Kopf, dass Kai Banitzka, so hieß er, und ich im Klassenzimmer neben einander sitzen, es steht mir lebhaft vor Augen, wie man so sagt, aber das ist es eben, es ist nur ein *Bild*, ein Tableau; welches Geschehen, welche Geschichte, welcher Film zu dieser Situation geführt hat, kann ich mir nur noch zusammenreimen. Erinnern heißt fälschen, wird gesagt. Aber oft sind nicht die Bilder gefälscht, sondern nur die Geschichten, die wir mit ihnen verknüpfen.

Ob es nun genauso war oder nicht, Kai fing sofort an, mir vom Jazz zu erzählen. Er hatte eine ziemlich umfangreiche Plattensammlung, vor allem New Orleans- und Dixieland-Jazz, aber auch Chicago und Swing. Ich hörte ihm gern zu, weil er so begeistert davon erzählte, und auch weil ich seine näselnde Stimme und seine lustigen braunen Augen mochte. Er habe sich gerade ein Banjo gekauft, sagte er, und werde demnächst eine Band gründen, eine Jazzband. Ich beneidete ihn um seinen Enthusiasmus, kam aber nicht auf die Idee, dass ich in seinen Plänen eine Rolle spielen könnte.

Anfang Mai fragte Kai mich, ob ich mit ihm in ein Jazzkonzert gehen wolle, ins Curio-Haus. Er habe schon eine Karte, aber ich könne ja an der Abendkasse noch eine kaufen. Ich sagte ja, ich würde gern mitkommen, müsste aber erst zu Hause fragen.

„Zu Hause fragen?" Kai schaute mich ungläubig an.So etwas gab es für ihn nicht. Er war sechzehn und lebte allein mit seiner Mutter zusammen, sein Vater war *im Krieg geblieben*, wie es damals hieß. Es klang immer so, als hätten die Männer sich freiwillig dazu entschieden.

„Jazz?", sagte meine Mutter, als ich sie beim Mittagessen fragte. „Da gibt es doch immer Krawalle."

Zum Glück saß mein Bruder mit am Tisch. Er war fünf Jahre älter als ich und hatte gerade sein Abitur bestanden. Das mit den Krawallen habe sich inzwischen erledigt, sagte er. Die habe es gegeben, als Lionel Hampton in der Ernst-Merck-Halle gespielt habe, und auch bei Louis Armstrong im Sportpalast in Berlin. Aber dass es im Curio-Haus zu Krawallen kommen könnte, sei völlig ausgeschlossen. Außerdem habe das *Hamburger Abendblatt* das Konzert empfohlen.

„Das Hamburger Abendblatt, wirklich?"

„Aber ja. Hast du das nicht gelesen?"

Das *Hamburger Abendblatt* war *die* Institution für meine Mutter. Wenn etwas vom *Hamburger Abendblatt* empfohlen war, dann musste es etwas Gutes oder zumindest Respektables sein, und damit war die Sache entschieden. Später verriet mein Bruder mir, er hätte sich die Sache mit dem Abendblatt nur ausgedacht. So war er. Er konnte jeden übers Ohr hauen. Mich sowieso. Als er sechzig wurde, hielt ich auf seiner Geburtstagsfeier eine Rede über den listigen Blick in seinen Augen. Bald darauf starb er. Den Tod hatte er nicht übers Ohr hauen können.

The Guv'nor

Das Curio-Haus lag an der Rothenbaumchaussee oder *am Rothenbaum*, wie man in Hamburg sagte. Schon von Weitem sah ich, wie sich die Menge durch den hohen Torbogen in den Hof hineindrängte, über den man zu den Festsälen kam. Ich schlängelte mich durch die Leute hindurch in den Vorraum und wunderte mich, dass niemand protestierte. Drinnen suchte ich die Kasse, aber es gab nur einen weißen Tisch, hinter dem zwei junge Männer saßen und Programmhefte verkauften. Ich steuerte auf sie zu, um nach einer Karte zu fragen, und mir war, als hörte mein Herz auf zu schlagen, als ich das abgegriffene Pappschild mit der schwarzen Schrift darauf sah: AUSVERKAUFT.

„Okay", sagte ich zu Kai und versuchte so lässig wie möglich zu erscheinen, „dann zisch' ich mal wieder ab."

„Kommt nicht in Frage", sagte Kai, „entweder wir gehen beide rein oder keiner. Frag doch mal herum, ob jemand eine Karte übrighat."

Es wäre so leicht gewesen. Ich hätte mich nur vor den Eingang zu stellen und zu rufen brauchen: Eine Karte gesucht! Wer hat noch eine Karte? Aber ich brachte es nicht über mich. Ich schämte mich, vor all den Leuten meine Stimme zu erheben. Ich öffnete den Mund, schloss ihn wieder und schüttelte nur den Kopf.

Kai kannte keine derartigen Hemmungen. Er erhob laut und deutlich seine näselnde Stimme und rief: „Eine Karte gesucht, wer hat noch eine Karte? Ein Königreich für eine Karte!", und seine braunen Augen funkelten dabei so verschwörerisch, als wollte er sagen: Guck mal, wie überzeugend ich das mache, ich glaube fast, die fallen darauf herein.

Aber niemand fiel darauf herein. Die Leute schoben sich an uns vorbei und stiegen mit schabenden Schritten die breite Steintreppe hinauf. Auch die Zeit schob sich an uns vorbei. Sie kam von oben herab und sagte: Schönen Gruß aus dem Konzertsaal, er wird immer voller, und das Konzert beginnt in wenigen Minuten. Leider ohne euch.

„Das war's, Alter", sagte ich und spürte, wie mir die Enttäuschung das Gesicht verzerrte. Es war eben doch nicht so leicht, hier zu stehen und mit anzusehen, wie alle hineindurften, alle außer mir. Ich fühlte mich wie der Hund, der vor der Tür des Schlachterladens sitzt und auf dieses Schild starrt. Oder so, wie ich mich als Kind jeden Abend gefühlt hatte, wenn ich im Bett lag und durch die Wand hindurch meine Eltern und meine älteren Geschwister hörte, die sich Geschichten erzählten und aus vollem Halse lachten, als wäre das Leben jetzt erst schön, jetzt, wo der Kleine endlich im Bett war.

„Komm mit", sagte Kai und zog mich hinein in den Strom der Besucher. Jetzt machten auch unsere Schritte das schabende Geräusch. Oben sah ich eine hohe, weit geöffnete Flügeltür und davor zwei junge Männer, die die Karten kontrollierten, einer links, einer rechts. Langsam, aber unaufhaltsam, schob uns die Menge auf die Tür zu. Nur noch zwei Meter, nur noch einer, ich drehte mich zu Kai um und wollte fragen, was wir jetzt tun sollten, doch bevor ich noch einen Ton herausbrachte, flüsterte er „Jetzt", gab mir einen heftigen Stoß in den Rücken, und während ich, ohne recht zu wissen, wie mir geschah, in den Saal hineinstolperte, hörte ich seine näselnde Stimme rufen: „Hey, Sie quetschen mir ja die Rippen kaputt, Sie *Oimel*! Ich will ins Konzert und nicht ins Krankenhaus!"

Und ich war drin! Ich konnte es kaum fassen. Nur – wo sollte ich sitzen? Es war ausverkauft. Es gab Platzkarten. Für jeden Platz eine. Auf welchen Platz ich mich auch setzte, irgendwann würde jemand kommen und mich vertreiben. Ich setzte mich mit klopfendem Herzen auf einen – noch! – freien Platz in der dritten Reihe, stand hin und wieder auf, um Leute an mir vorbeizulassen, bangte jedes Mal, dass die Person mit der Karte für meinen Platz mich aufforderte den Platz freizugeben, aber, ob es nun die Wirklichkeit war oder ein Traum, es kam niemand. Es war wie ein Wunder! Das Konzert war ausverkauft, aber dieser eine Platz blieb frei. Das heißt, jetzt nicht mehr, jetzt saß ich ja darauf.

Das Licht ging aus. Das Stimmengewirr verwandelte sich in Gemurmel, das Gemurmel in Getuschel, das Getuschel in erwartungsvolle Stille. Nacheinander erschienen sieben ganz alltäglich gekleidete Männer auf der Bühne, gingen zu ihren Instrumenten (Schlagzeug, Bass, Klavier) oder trugen die Instrumente bei sich (Kornett, Posaune, Klarinette). Der Bärtige mit dem Kornett war der Bandleader. Er war nicht besonders groß, trug eine braune Cordhose und ein kariertes Hemd und nuschelte ein paar Worte ins Mikrofon. Dann gab er mit dem Fuß den Takt vor, und die Band fing an zu spielen.

Und auch die Musik war wie ein Wunder! Ein Wunder allerdings, das für mich mit einer so schmerzlichen Sehnsucht verbunden war, dass ich immer mehr hören wollte, mehr und mehr, um diese Sehnsucht zu stillen, was aber, wie ich ahnte, niemals gelingen würde. Kai hatte mir allerlei erzählt, von Harmonien und Improvisation, davon, dass der Blues zwölf Takte hatte, und auch davon, dass meistens am Anfang alle zusammenspielten und dann die Soli kamen, Posaune, Klarinette, Klavier, Kornett und manchmal auch Schlagzeug, Bass oder Banjo. Und was ich auch wusste, war, dass Ken Colyer, so hieß der Bandleader, die Angewohnheit hatte, sein Kornett in einen alten verbeulten Blechhut zu halten, was einen ganz eigenen, unverwechselbaren Sound ergab. Oder auch, dass er in Jazzerkreisen *The Guv'nor* genannt wurde, aus Zuneigung und Respekt.

Wenn der Guv'nor ein neues Stück ankündigte, nuschelte er wieder so, dass ich kein Wort verstand. Und wenn er sang – ja, er sang auch, er sang *Halleluja, I'm walking with the King* – dann war das nicht die Art zu singen, für die meine Eltern in die Oper gingen. Dieses Halleluja war ein anderer Jubel, viel bescheidener, ungekünstelter als alles, was ich von den Opernplatten meines Vaters her kannte. So ausgelassen die sieben Musiker dort oben spielten, so sehr war es doch auch wieder eine stille, innige Musik.

Während ich mit offenem Mund und immer höherschlagendem Herzen auf meinem Platz saß, wusste ich mit einem Male, dass ich mir nichts sehnlicher wünschte, als einmal selbst dort oben zu stehen, in Cordhose und kariertem Hemd, ein Kornett in der einen, einen Blechhut in der anderen Hand, und Halleluja zu spielen, *Halleluja, I'm walking with the king.*

INTERCITY-INTERMEZZO

Der ICE glitt gleichmäßig mit 200 km/h dahin, manchmal etwas schneller, manchmal etwas langsamer. Ich blickte aus dem Fenster, sah kleinere Waldstücke, dann wieder freie Felder mit ein paar Kühen und gleich darauf eine Koppel mit Pferden. Mir fiel ein, dass ich einmal Reitunterricht genommen hatte, insgesamt zehn Stunden, in denen ich unter der Anleitung von Frau Kröger, der Reitlehrerin, lernte das Pferd zu satteln, aufzusitzen, im Schritttempo zu reiten und das Pferd traben zu lassen, wobei das Aussitzen im Trab die schwerere Übung war. In der letzten der zehn Stunden war ich auf dem Pferd, das den Namen *Feldherr* trug, durch die Kornfelder in der Nähe von Kappeln geritten, im stehenden Galopp, die Fäuste auf den kräftigen Nacken von Feldherr gestützt. Es kam mir unendlich schnell vor, viel schneller als die 193 km/h des ICE, in dem ich jetzt Richtung München fuhr.

Ich hatte damals einen Urlaub in Lindaunis verbracht, dort oben an der Schlei, und als ich zurück in Berlin war, wollte ich unbedingt weiter Reitunterricht nehmen, weil es mir mit Feldherr und Frau Kröger so gut gefallen hatte. Aber der Reitlehrer im Grunewald war ein so unangenehmer, herrischer, schnauzbärtiger Patron, der mir und dem Pferd so rücksichtslos seinen Willen aufzwingen wollte, dass mir schon nach der ersten Stunde das Reiten für immer verleidet war. Es gibt wunderbare, Mut machende Begegnungen wie die mit Feldherr und Frau

Kröger, und es gibt Begegnungen, die einem alles verleiden, wie die mit dem schnauzbärtigen Patron, dessen Name es nicht Wert wäre, genannt zu werden. So viel zu den Pferden auf der Koppel, an denen der ICE vorbei raste.

Ich nahm mir das Manuskript wieder vor und hörte vor meinem inneren Ohr noch einmal die Stimme von Ken Colyer, wie er *I'm walking with the king* oder *Take this hammer* sang. Ich hatte mir damals geschworen, diesem Mann und seiner Musik für immer treu zu bleiben, und in gewisser Weise habe ich meinen Schwur gehalten. Es gibt einen Schallplattenmitschnitt von diesem Konzert, und ich habe diese Platte in all meinen Lebensphasen immer wieder gehört, sie ist so etwas wie meine *seelische Heimat*. Was mich nur traurig stimmte, war, dass ich niemals einen Menschen gefunden habe, der meine Liebe zu Ken Colyer verstehen konnte. Die Leute liebten Bach oder die Beatles, Beethoven oder Bruckner, und wenn sie Jazz liebten, dann schwärmten sie von Miles Davis oder Bill Evans, aber Ken Colyer? Who?

Einer meine Lieblingsmusiker wurde später Van Morrison, und das größte Glück – ja, auch wieder ein Wunder! – war es für mich, als Kai (ein anderer Kai) mir eine CD schenkte, auf der Van Morrison den Blues sang, den Ken Colyer selbst geschrieben hatte, als sein Bekenntnis und seine Erkennungsmelodie: *Goin' Home*. Van Morrison war der Rockmusiker, den ich am meisten liebte, ich hatte ihn in der Waldbühne in Berlin gehört und im Greek Theatre in Berkeley bei San Francisco, und nun ereignete sich das Wunder, dass Van Morrison, der irische Rockpoet, Ken Colyers legendäre Zeilen sang: *Well if home is where the heart is, then my home's in New Orleans.*

Damals, als ich im Curio Haus diesen Blues hörte, war mir, als sollte der New Orleans Jazz auch meine Heimat werden.

DAS MANUSKRIPT (FORTS.)

Puan Klent

Ordnung, Sitte, Tugend
bewahre deutsche Jugend

stand in Stein gemeißelt über der Eingangstür zum Haupthaus des Schullandheims Puan Klent auf Sylt.

Meine Mutter hatte mir für die Klassenfahrt eine dreiviertellange Popeline-Jacke gekauft. Sie war nicht vollkommen wasserdicht, aber doch imprägniert und wasserabweisend. Sie roch etwas säuerlich, als hätte man sie durch Essigwasser gezogen, war von graugrüner Farbe, changierte ein bisschen ins Rötliche und hatte einen Gürtel, den ich an den Seiten herunterhängen ließ. Ich fühlte mich in dieser Jacke, wenn ich sie nach hinten schob und die Hände in den Hosentaschen versenkte, nun, nicht gerade erwachsen, aber doch nicht mehr so kindlich wie in dem Fischgrat-Stoffmantel, den ich vorher getragen hatte. Es fiel aber kaum jemandem auf, nur Johannes sagte in dem ironischen Tonfall, in dem er immer sprach, die Jacke sei ja richtig *dufte*.

„Ja, findest du?", sagte ich erfreut.

„Und ob", sagte er, „allein schon wie der Gürtel an den Seiten *herunter oimelt,* das ist doch *irre!*" – und erst jetzt begriff ich, dass er sich über den Jazzer-Jargon lustig machte, den ich von Kai übernommen hatte. Ich ärgerte mich über Johannes' ironischen Spott, gestand mir aber ein, dass ich es nicht besser verdient hatte. Wie oft hatte ich darüber gelacht, wenn Johannes die Eigenheiten der Anderen ironisch imitierte oder parodierte, die der Lehrer, der Mitschüler, oder die von Politikern und Filmschauspielern. Er konnte mühelos in alle Rollen schlüpfen, welche es auch waren, und ich musste darüber lachen, ob ich wollte oder nicht, warum also sollte ich jetzt beleidigt sein? Wir redeten ja wirklich so, Kai und ich, wir sagten *Alter* zueinander und fanden, wir wären *dufte Schaffer*, und die Worte *Oimel* und *oimeln* waren die Joker in unserer Sprache, die auf alles passten. Es gab sogar eine Jazzband, die sich die *Oimel Jazz Youngsters* nannte.

Ich gab Johannes insgeheim Recht, aber andererseits – hätte ich mich nicht ebenso über seine pastorenhafte Kleidung lustig machen können oder über sein mit Brillantine zurückgekämmtes Haar? Oder über seine schiefe Kopfhaltung? Oder seine Angewohnheit, sich mehrmals täglich Nasentropfen zu verabreichen, *Privin* oder *Otriven*? Ja, hätte ich. Nur fehlte mir das parodistische Talent dafür, und daher hätte ich es eben doch nicht gekonnt.

Kai hatte einen Plattenspieler auf unsere Klassenfahrt mitgenommen, einen Phonokoffer mit eingebautem Lautsprecher. Jeden Tag nach dem Mittagessen zogen wir uns in unser Zimmer zurück und hörten 45er Platten von Humphrey Lyttelton, Louis Armstrong, Sidney Bechet oder auch die 33er mit dem Titel *Ringside at Condon's*, die ich besonders liebte. Der Kornettist hieß Wild Bill Davison, und sein Spiel hatte tatsächlich etwas Wildes und Ungebärdiges, sein Ton war rauer und heiserer als der von Ken Colyer, und manchmal ließ Wild Bill ganz überraschend einen jubelnd hohen Ton aus seinen sonst eher dunkel mäandernden Phrasierungen herausplatzen, einen Trompetenlaut, der dem Rüssel eines Elefanten hätte entstammen können. Je öfter wir diese Platte hörten, desto mehr wünschte ich mir, so zu spielen wie Wild Bild Davison, und wenn ich nachts vor dem Einschlafen darüber nachdachte, dass ich doch eigentlich wie Ken Colyer hatte spielen wollen, dann beunruhigte es mich zutiefst, dass ich, kaum hatte ich meine erste Liebe zu einem Jazzmusiker entdeckt, dieser Liebe auch schon wieder untreu war. Ich würde aber sowieso nicht wie Ken Colyer spielen können, weder wie Ken Colyer noch wie Wild Bill Davison, ich würde überhaupt nicht spielen. Ein paar Tage vor unserer Abfahrt nach Sylt hatte ich meine Eltern gefragt, ob ich Trompete lernen dürfte, und sie waren kategorisch dagegen gewesen. Ich hatte Kai nichts davon erzählt, nicht einmal davon, dass ich überhaupt den Wunsch hatte, Trompete oder Kornett zu spielen, aber als er mir verriet, dass er sich demnächst ein paar Leute suchen würde, um eine Jazzband zu gründen, da gestand ich ihm unter Herzklopfen, dass ich mir seit dem Abend im Curio-Haus nichts sehnlicher wünschte, als Kornett zu spielen.

„Mensch, Alter, das wäre doch dufte", sagte Kai.

Ja, sagte ich, aber meine Eltern hätten gesagt, Kornett oder Trompete kämen nicht in Frage, das sei zu laut. Allenfalls Querflöte.

„Querflöte?", sagte Kai angeekelt.

„Ja, oder Klarinette."

„Klarinette, im Ernst?"

Ja, sagte ich, aber das hätte ich natürlich abgelehnt. Ich hätte gesagt, entweder Kornett oder gar nichts.

„Bist du verrückt", sagte Kai. „Klarinette ist doch ein duftes Instrument!"

Ja, sagte ich, aber ich hätte nun einmal den Wunsch, Kornett zu spielen, und diesmal wollte ich mir meinen Wunsch nicht wieder ausreden lassen.

Ich erklärte Kai, wie es bei uns zuging. Wenn ich einen Wunsch äußerte, fingen meine Eltern sofort an, ihre eigenen Vorstellungen von dem zu entwickeln, was ich mir *eigentlich* wünschte, oder was ich mir wünschen sollte, und am Ende waren sie felsenfest davon überzeugt, mir eine riesige Freude damit zu machen, dass sie mir etwas schenkten, von dem sie sich wünschten, dass ich es mir wünschte, anstatt mir einfach meinen Wunsch zu erfüllen. Ich wünschte mir Goldhamster, und sie schenkten mir Wellensittiche. Ich wünschte mir einen Fußball, und sie schenkten mir einen Hockeyschläger. Ich wünschte mir einen roten Pullover, und sie schenkten mir einen grauen. Und ich, anstatt die unerwünschten Geschenke zurückzuweisen, tat so, als würde ich mich freuen, weil ich meiner kranken Mutter nicht weh tun wollte. Es war Heuchelei, wenn auch aus Mitleid, aber ich wusste in meinem Innersten, dass es nicht gut war. Es fühlte sich an wie Verlogenheit und Schwäche, und das war es auch. Aber damit sei jetzt Schluss, sagte ich zu Kai. Ich wollte keine Querflöte und keine Klarinette, ich wollte ein Kornett oder eine Trompete.

„Fang doch mit Klarinette an", sagte Kai. „Umsteigen kannst du doch immer noch."

Umsteigen? Auf die Idee war ich nicht gekommen. Kornett, hatte ich gedacht, Kornett oder gar nichts. Aber was sprach dagegen, erstmal mit Klarinette anzufangen? Ich würde die Melodien der Stücke lernen, die Harmonien, das Improvisieren, das Zusammenspiel mit den anderen. Das konnte ich für das Kornettspiel genauso gebrauchen. War nicht Sidney Bechet den umgekehrten

Weg gegangen? Er hatte mit Trompete angefangen und war dann auf Sopransaxophon umgestiegen. Und spielte Humphrey Lyttelton nicht beides, Trompete und Klarinette?

„Ich steige auch noch mal um", sagte Kai. „Von Banjo auf Posaune. Ich spiele dann wie Trummy Young. Hier, hör dir das mal an."

Er legte den *Tiger Rag* von Louis Armstrong auf, und wir achteten beide besonders auf die Posaune von Trummy Young, die gleich am Anfang schon das Brüllen des Tigers imitierte. Und dann legte Kai den Tonarm noch einmal auf, und wir konzentrierten uns auf die Klarinette von Edmond Hall, und Kai sagte noch einmal, das sei doch ein duftes Instrument, und wenn einem die Eltern schon so etwas schenken wollten, dann sagte man nicht nein, auch wenn man tausendmal lieber Kornett spielen wollte.

Louis Armstrong spielt Bratsche

Ich hätte mir auf unserer Klassenreise alles noch einmal durch den Kopf gehen lassen, sagte ich, als wir wieder zu Hause waren, und sei zu der Überzeugung gekommen, dass ich doch gern Klarinette spielen wollte.

„Dann musst du aber Unterricht nehmen", sagte meine Mutter.

„Das will ich auch", sagte ich.

Na schön, sagte sie, sie werde bei Gelegenheit mit meinem Vater darüber sprechen. *Bei Gelegenheit* bedeutete, wenn mein Vater *den Kopf dafür frei* hatte, und das wiederum hieß, dass er nicht gerade *Ärger im Geschäft* hatte, aber da er als Unternehmer fast immer Ärger im Geschäft hatte, stellte ich mich auf eine ziemlich lange Wartezeit ein.

Ich hatte noch immer das Gefühl, mein Klarinettenkompromiss sei Selbstverrat, aber ich hütete mich, noch einmal davon anzufangen. Kai hatte mir das Buch *Mein Leben – Mein New Orleans* von Louis Armstrong geliehen, und darin las ich, dass der kleine Louis auch nicht gleich mit dem Kornett angefangen hatte. Als er zwölf oder dreizehn war, hatte man ihn in eine Besserungsanstalt gesteckt, weil er auf der *Basin Street* mit einer Pistole herumgeballert hatte. Das erste Instrument, das der Direktor ihm in die Hand drückte, war ein Tamburin. Danach durfte er Schlagzeug spielen. Und danach – Bratsche. Ich musste laut auflachen, als ich das las. Louis Armstrong spielt Bratsche! Aber so war es, so war es gewesen, und erst als der Kornettist des Orchesters gebessert aus der Anstalt entlassen wurde, bekam *Dipper,* wie sie Louis nannten, das Kornett. Er putzte es erstmal richtig, so dass alle staunten, was für ein Glanz aus dem alten Ding noch herauszuholen war, dann fing er an zu üben und lernte als erstes *Home, Sweet home.* Als er es endlich spielen konnte, schwamm er, wie er schrieb, in Seligkeit. Das lag vermutlich an dem *unbekümmerten Temperament seiner Rasse,* von dem im Klappentext die Rede war.

Ich hatte nicht so ein unbekümmertes Temperament, deswegen konnte ich mich auch nicht richtig freuen, als ich mit meiner Mutter in der S-Bahn saß und nach Blankenese zum Konservatorium fuhr. Konservatorium! Allein schon dieses Wort. Es klang nach Tod und Gruft oder nach in Spiritus eingelegten Salamandern, wie wir sie im Biologieunterricht zu sehen bekamen –, nicht nach Lebensfreude, Straßenparaden, Nächtedurchmachen, Jazz und Sex. Hatte Louis Armstrong etwa ein Konservatorium besucht? Das Wort kam in seinem Buch nur ein einziges Mal vor, und zwar an einer Stelle, an der er erklärte, warum er jahrelang nicht einmal auf den Gedanken gekommen wäre, Trompete zu spielen. Trompete – dafür müsste man ein Konservatorium besuchen, hätte er gedacht, also eine Institution, die sowieso nur für Weiße reserviert war.

Nein, dachte ich, wir fahren in die falsche Richtung. Nach Altona müssten wir fahren und dann hinunter laufen zum Hafen, in den Rotlichtbezirk, wo die Huren in den *honky tonks* tanzen wie in Storyville, dem *red light district* von New Orleans. Louis Armstrong war eines Tages mit seiner Mutter von Kneipe zu Kneipe gezogen, von *tonk* zu *tonk*, weil sie ihm zeigen wollte, wie man mit Alkohol umging oder der Alkohol mit ihm. Am Ende waren sie beide sturzbetrunken übereinander gefallen, hatten sich nicht mehr eingekriegt vor Lachen und waren vor Freude ganz aus dem Häuschen gewesen. *Oh, oh, oh*, wie es in dem Buch immer hieß.

Als wir in Blankenese den Bahnhofsplatz überquerten, hatte ich schon wieder das Gefühl, ich täte das alles nur meiner Mutter zuliebe, was ja nicht weiter schlimm gewesen wäre, wenn es nicht meiner inneren Stimme widersprochen hätte. Wir bogen in die Blankeneser Bahnhofstraße ein, und da war es auch schon. Nein, kein abweisendes Gemäuer, nichts, was nach Gefängnis, Gruft oder Besserungsanstalt aussah, nur eine Backsteinvilla, aus der ein Allerlei von Tönen herausschallte, Klaviermusik, Geige, Trompetengeschmetter. Und die Klarinette?

Die Sekretärin bat uns, ein paar Minuten zu warten, die Stunde sei gleich zu Ende – und in diesem Augenblick hörte ich die Klarinette. War es der Schüler, der sie spielte? Oder der Lehrer? Er schien sein Instrument perfekt zu beherrschen, schnelle Läufe, fehlerlos – aber wie glatt war dieser Ton, wie geschliffen! Das war ein vollkommen anderes Instrument als das, was ich bisher als Klarinette kennengelernt hatte. Fremdartig und melancholisch, an Sümpfe, Schlangen und Mangroven erinnerte das Spiel von Barney Bigard. Fröhlich und lebendig der Ton von Monty Sunshine. Rau und wild und doch auch wieder luftig und zart der Ton von Edmond Hall! Und nun das! Der Konfektionston eines klassischen Konservatoriumsklarinettisten. Sollte mir der hier beigebracht werden? Sollte mir das Ungebärdige, das Individuelle, das Ureigene, auf das es beim Jazz ankam, schon im Ansatz ausgetrieben werden? Mein Herz krampfte sich zusammen.

„Wenn du so ein Gesicht machst", sagte meine Mutter, „dann können wir ja gleich wieder gehen."

„Nein, nein", sagte ich, „ich habe nur Angst, dass ich nicht begabt genug bin."

Eine Tür öffnete sich, und ein kleiner unscheinbarer Mann mit bernsteinfarbener Brille, braunem, leicht gewelltem Haar, gekleidet in einen verschlissen braunen Anzug, kam auf uns zu. Er gab erst meiner Mutter, dann mir die Hand und stellte sich als Herr Stirner vor.

Wir folgten ihm in das Übungszimmer, in dem ein Klavier, ein paar Stühle und einige hölzerne Notenständer standen. Herr Stirner spielte ein paar einfache Tonfolgen auf der Klarinette und forderte mich auf, sie nachzusingen. „Keine Angst", sagte er, „es kommt nicht darauf an, dass der Gesang schön ist. Du willst ja kein Sänger werden."

Ich sang die Dreiklänge und Melodiefetzen nach, und Herr Stirner war zufrieden. Dann setzte er ein neues Mundstück auf seine Klarinette, zeigte mir, wie man sie hielt und forderte mich auf, einen Ton zu spielen. Man musste die Zähne oben auf das Mundstück stellen, die Unterlippe ein wenig über die unteren Schneidezähne stülpen und dann genügend Luft hineinblasen, um das empfindliche Blatt in Schwingungen zu versetzen. Ich versuchte es, bekam aber keinen Ton heraus. „Nicht so pressen", sagte Herr Stirner. „Es ist viel leichter, als du denkst."

Ich versuchte, weniger zu pressen, aber die Luft staute sich immer noch in meinem Mund und wollte nicht durch das Mundstück hindurch. *Oh, oh, oh,* dachte ich. Aber schließlich, und ich glaube sogar, nach nicht allzu vielen Fehlversuchen, gelang es doch. Die Geburt des ersten Tones! Und als Herr Stirner mir noch eine Klappe zeigte, mit der ich einen zweiten Ton erzeugen konnte, und danach weitere Griffe, so dass ich es am Ende der Stunde zu einem zugegeben stümperhaften *Alle meine Entchen* brachte, da stieg zu meiner eigenen Überraschung und fast gegen meinen Willen ein beinahe jubelndes Glücksgefühl in meiner Brust empor, und ich lachte, und meine Mutter lachte, und Herr Stirner lachte höflichkeitshalber auch ein bisschen mit.

Als ich eine Woche später wieder nach Blankenese fuhr, diesmal allein, hatte Herr Stirner eine Klarinette für mich. Einer seiner Schüler hatte sie günstig abgegeben, und sie war, wie Herr Stirner mehrfach betonte, gründlich überholt worden. Ich müsse nun aber fleißig üben, sagte er. „Ein Stunde am Tag. Wenn du mehr übst, kann es auch nicht schaden."

Mehr üben? Aber ja! In den ersten Tagen waren die Lippenmuskeln noch zu schwach, aber sobald ich sie genügend gekräftigt hatte, machte ich es nicht unter zwei, drei Stunden pro Tag, wenn man mein eigenes Üben mitzählte. *Mein eigenes Üben,* so nannte ich alles, was nicht für Herrn Stirner bestimmt war, sondern für den Jazz. Hatte ich eine Stunde lang Tonleitern und Etüden vom

Blatt gespielt, dann durfte ich (das war die Regel, die ich mir selbst gegeben hatte) den ganzen Nachmittag vor mich hin improvisieren oder Phrasen und Melodien von Schallplatten nachspielen. Ich führte ein Doppelleben: Für Herrn Stirner spielte ich *Lang, lang ist's her*, für mich selbst *When the Saints go marchin' in*. Für Herrn Stirner übte ich den sauberen Konservatoriumston, für mich selbst spielte ich möglichst rau, mit einem kräftigen Vibrato und *dirty tones*. Man konnte natürlich auch *Lang, lang ist's her* mit einem jazzigen Klang spielen und darüber improvisieren, und das tat ich auch, aber wenn ich mich auf die Stunde bei Herrn Stirner vorbereitete, dann ließ ich die Arabesken beiseite und hielt mich wieder streng an das, was die Noten befahlen. Es kam mir verlogen vor, und das war es auch, aber ich hatte keine andere Wahl. Ich brauchte Herrn Stirner, um die Technik zu erlernen. Wenn ich die beherrschte, dann würde ich das Konservatorium verlassen und nur noch Jazz machen.

Erstaunlich war, dass die anderen im Haus sich nicht beschwerten, wenn ich übte. Diejenigen, die am meisten unter meinem Übungseifer zu leiden hatten, waren meine Wellensittiche. Sie sagten das nicht, und ich kam auch nicht auf die Idee, sie zu fragen, aber im Nachhinein glaube ich, dass es so war. Am Anfang schienen sie noch erfreut darüber, dass sie ein bisschen Unterhaltung bekamen, sie legten die Köpfe schief, lauschten eine Weile hingerissen und bekamen urplötzlich eigene Schnatter- und Krächzanfälle, die so wild klangen wie Edmond Hall im *Tiger Rag*, aber bald wurde es ihnen wohl doch zu viel. Nur, was sollten sie machen? Die Augen konnten sie schließen, die Ohren nicht.

Ziemlich bald wurden sie von einer rätselhaften Krankheit heimgesucht, die sich darin äußerte, dass sie nichts mehr bei sich behalten konnten. Sie fraßen die Körner, die ich in ihren Napf gefüllt hatte oder die sie aus dem Hirsezweig herauspickten, der vom Dach des Vogelbauers herabhing, und nach einer Weile fingen sie an, wie verrückt ihre Köpfe zu schütteln und die Körner im Zimmer herumschwirren zu lassen. Ich ging zur Zoohandlung in der Waitzstraße, und der Tierhändler empfahl Rizinusöl. Ich kaufte in der Apotheke Rizinusöl, schnappte mir zu Hause Vogel Nummer eins (ich hatte ihnen niemals Namen gegeben, weil ich ihnen übelnahm, dass sie keine Goldhamster waren) und träufelte ihm mit einer Pipette das Öl in den Schnabel. Er wehrte sich nach Kräften, aber ich war stärker. Dasselbe geschah mit Nummer zwei. Dann nahm ich meine Klarinette und übte weiter, und die Vögel fraßen weiter ihre Körner und ließen sie im Zimmer herumschwirren.

So ging es ein paar Wochen, dann lag der erste auf dem Rücken. Kaum hatte ich ihn begraben, war auch der andere tot. Ich wickelte ihn in ein Papiertaschentuch und begrub ihn neben Nummer eins. Da meine ältere Schwester daneben stand, wischte ich mir pro forma eine Träne aus dem Auge. Aber als meine Eltern fragten, ob ich mir neue Wellensittiche wünschte, schüttelte ich nur den Kopf.

Die Lupe

Johannes hatte auf der Klassenreise einige Male meine Nähe gesucht, immer mit ironischem oder spöttischem Gestus, vor allem aber mit schauspielerischen oder parodistischen Einlagen, mit denen er mich zum Lachen brachte, zu einem bewundernden und auch ein wenig neidischen Lachen, weil er in all seinen Darbietungen so viel Talent bewies, einen so genauen Blick für das Typische der Menschen, die er imitierte, dass ich aus dem Staunen nicht herauskam.

In einem unserer Gespräche auf Sylt hatte ich erwähnt, dass mein Vater ein Tonbandgerät hätte, und seitdem war Johannes besessen von der Idee, ein Hörspiel zu produzieren. Er fragte mich Tag für Tag danach, aber ich traute mich nicht, meinen Vater darum zu bitten, weil er gerade wieder *Ärger im Geschäft* hatte. Abend für Abend saß er am Abendbrottisch und schimpfte und schlug mit der Faust auf den Tisch, so dass ich vor Schreck zusammenzuckte und sah, wie meine Mutter erstarrte. Nur ihr Mund arbeitete unermüdlich, mal schob sie die Lippen vor, mal presste sie sie zusammen, mal biss sie mit den Zähnen auf den linken Teil der Unterlippe. Was war passiert?

Herr Voss, der Abteilungsleiter der Lithographie in unserer Druckerei, hatte gekündigt, um sich selbstständig zu machen. Einige seiner Mitarbeiter wollten mit ihm gehen. Er hoffte sogar, Aufträge von meinem Vater zu bekommen, doch mein Vater schwor, diesem *Verräter* niemals einen Auftrag zu geben, niemals! Der sei ein Abtrünniger, ein Judas, ein Renegat!

Ich verstand die Welt nicht mehr. Normalerweise schimpfte mein Vater auf seine Angestellten, weil sie nicht mitdächten, weil sie *keine Initiative* hätten, weil sie *keine Verantwortung* übernehmen wollten und *keine Unternehmer* wären. Und jetzt, wo einer bereit war, Unternehmer zu werden und Verantwortung zu übernehmen, fühlte mein Vater sich verraten? Den Begriff *Outsourcing* kannte ich damals noch nicht, aber genau das war es, was Herr Voss gemacht hatte, oder was mein Vater gemacht hätte, wenn er Herrn Voss die Aufträge gegeben hätte. Stattdessen schimpfte er und schlug mit der Faust auf den Tisch, so dass ich mich nicht traute, ihn nach dem Tonbandgerät zu fragen.

Als Johannes mich auf dem Schulhof beiseite nahm, dachte ich, es ginge wieder darum und sagte, es täte mir leid, aber ich hätte es immer noch nicht geschafft.

„Nein, nein", sagte Johannes, „es geht um etwas anderes."

Er hielt mir einige mit Schreibmaschine beschriebene Din-A4-Seiten hin und forderte mich auf, sie zu lesen.

„Was ist das?"

„Ein Artikel, für *Die Lupe*."

Die Lupe war unsere Schülerzeitschrift. Johannes hatte bereits vor den Sommerferien einen Artikel darin veröffentlich, der sich mit der Weltraumfahrt beschäftigte. Die Amerikaner hatten im Februar einen Satelliten ins All geschossen, die späte Antwort auf den Sputnik, und nun werde, so prophezeite Johannes, das Rennen um die Eroberung des Weltraums weitergehen. Was für eine Verschwendung! Als ob es nicht Armut genug gäbe auf der Welt! Vielleicht sollte man erstmal das Elend auf dieser Erde beseitigen, bevor man sich mondsüchtig in den Weltraum begebe.

„Und worum geht es diesmal?"

„Um das Lagerleben", sagte Johannes.

Der Artikel mit dem Titel *Lagerleben* war eine Satire auf unsere Klassenreise. Johannes spottete mit beeindruckender Wortgewalt über den Alltag in unserem Schullandheim: über das Essen *im Lager*, wie es immer wieder hieß, den *ewigen Kartoffeleintopf* und die *Lagernudeln*, den Grießpudding, mit dem man *hätte Bunker bauen* können und den *laffen Apfeltee*. Er spottete auch über die architektonische Anlage des Heimes und schrieb, es hätten nur noch Stacheldraht und Wachtürme gefehlt, zumal der Spruch *Ordnung, Sitte, Tugend – bewahre deutsche Jugend* sich nicht allzu sehr von der Parole *Arbeit macht frei* unterscheide. **Ertüchtigend** seien auch die Geländespiele gewesen, bei denen man uns durch die Dünen gehetzt hätte, als wollte man uns für den Einsatz als Wüstenfüchse drillen, Generalfeldmarschall Rommel, Hitlers Lieblingsgeneral, hätte seine Freude daran gehabt. Leider habe man es *verabsäumt*, uns im Ausheben von Schützengräben zu trainieren. Wir hätten damit eine Menge Sandsäcke füllen und damit zugleich einem zivilen Zweck dienen können, nämlich dem Deichbau.

Und so weiter.

Ich las den Artikel am Nachmittag einige Male durch und bewunderte Johannes maßlos dafür. „Toll", sagte ich, als ich ihm das Manuskript zurückgab. „Wo nimmst du bloß all die Worte her!"

Johannes errötete, machte ein paar bescheidene Bemerkungen über gewisse Unvollkommenheiten des Artikels und sagte dann: „Was würdest du davon halten, wenn ..."

„Wenn was?"

„Wenn *du* ihn geschrieben hättest."

„Ich?", sagte ich lachend. „Ich könnte das doch gar nicht."

„Natürlich könntest du das", sagte er. „Du musst nur mal den Anfang machen. Es ist alles eine Frage des Mutes und der Entschließung. Und daher ..."

„Daher – was?"

„Daher wollte ich dich fragen, ob du den Artikel nicht unter deinem Namen veröffentlichen willst."

Ich verstand immer noch nicht. Allein schon, weil Johannes sich so umständlich ausdrückte – *eine Frage des Mutes und der Entschließung*, so redete doch kein

Mensch –, und noch weniger verstand ich, was mein Name mit der ganzen Sache zu tun haben sollte.

„Ganz einfach", sagte Johannes. „Ich schenke dir den Artikel. Oder ich gebe ihn dir zurück. Denn in Wirklichkeit hast du ihn geschrieben."

„Ich? Da muss ich wohl geträumt haben."

„Na ja, *geschrieben* im Wortsinne vielleicht nicht, aber du hast mich dazu inspiriert."

Und nun fing Johannes an, mir aufzuzählen, welche Ideen, die er in dem Artikel verarbeitet hätte, von mir stammten. Ob ich denn nicht zum Beispiel beim Essen einmal gesagt hätte, ich fände den *laffen Apfeltee* ungenießbar. Und ein anderes Mal, der Grießpudding sei *hart wie Zement.* Oder auch, dieser *ewige Kartoffeleintopf* hinge mir zum Halse heraus. Wörtlich! Er hätte diese Formulierung so bemerkenswert gefunden, weil ja genau genommen nicht der Kartoffeleintopf ewig sei, sondern die Zeit, in der es ihn gegeben habe, oder noch genauer die Zeitlosigkeit; denn Ewigkeit sei ja eigentlich kein Zeitbegriff, sondern ein Zeitlosigkeitsbegriff, ein Begriff für das Sein jenseits von Zeit und Dauer, und dass ich den Kartoffeleintopf ewig genannt habe, sei offenbar eine Anspielung auf die *ewige Wiederkehr des Gleichen* gewesen, von der Nietzsche im Zarathustra spreche, oder ob ich mich daran etwa auch nicht mehr erinnern könne?

Doch, ich erinnerte mich daran. Nicht an Nietzsche im Zarathustra, aber an den ewigen Kartoffeleintopf. Johannes hatte damals in seinem ironischen Tonfall mit dem Wort herumgespielt und am Ende gesagt, nun sei ja wieder der *ewige Abend* gekommen und draußen laure schon die *ewige Nacht.*

„Siehst du", sagte er jetzt, „und so ist es mit dem ganzen Artikel. Es stehen fast nur Dinge darin, die von dir stammen. Ich habe sie nur aufgeschrieben, sozusagen als dein Eckermann."

Ich hatte keine Ahnung, wer dieser Herr Eckermann war, und es war mir nicht geheuer, dass Johannes Sätze von mir aufgeschrieben hatte, ich fand, so etwas gehörte sich nicht, auch wenn es natürlich schmeichelhaft war. Zum ersten Mal in meinem Leben hatte ich das Gefühl, es käme darauf an, was ich sagte, es sei wichtig oder von Bedeutung. Meine Mutter sagte immer nur: Spiel dich nicht so auf. Oder: Mach dich nicht so wichtig. Der Einzige, der sich bei uns zu Hause wichtig machen durfte, war mein Vater. Vielleicht noch mein Bruder, weil er der Nachfolger meines Vaters werden würde, aber ich? Ich war der Jüngste, und meine Mutter liebte mich sehr, aber wichtig machen durften sich nur die anderen.

„Also, was ist?", fragte Johannes.

„Ich weiß nicht", sagte ich und wollte ihm das Manuskript zurückgeben.

„Behalte es nur", sagte er, „bis du dich entschieden hast. Redaktionsschluss ist in einer Woche. Du kannst den Text auch verändern, wenn du willst. Es ist ja dein Artikel. Er gehört dir."

Ich nahm die getippten Seiten mit nach Hause und versuchte mir vorzustellen, wie es wäre, der Verfasser eines Zeitschriftenartikels zu sein. Meinen Namen gedruckt sehen, das wäre schön, aber dafür Rede und Antwort stehen zu müssen, wäre eine andere Sache. Zumal der Text in dem für Johannes typischen ironischen Ton geschrieben war, der bei den Lesern den Eindruck erwecken musste, der Verfasser stünde hoch oben auf einem Turm und schaute mitleidig und belustigt hinunter auf die kleine Menschenwelt mit ihren lächerlichen Landschulheimen, Suppenküchen und Geländespielen. Würde man mir glauben, dass ich diesen Artikel geschrieben hätte? Was sollte ich sagen, wenn man mich darauf anspräche?

Es war Samstagnachmittag, es regnete, ich saß in meinem Zimmer, schaute melancholisch auf das Backsteinhaus gegenüber mit dem großen Gingko davor und phantasierte, wie ein solches Gespräch ablaufen könnte. Und mit einem Male hörte ich Stimmen, die mich zur Rede stellten, und meine eigene Stimme, die mich verteidigte, und erstaunlicher Weise hatte ich das Gefühl, mit den Angriffen ganz gut fertig zu werden, wenigstens solange es ums Essen oder um die Geländespiele ging, nur von der *ewigen Wiederkehr des Gleichen* und von diesem Spruch – *Arbeit macht frei* – hatte ich keine Ahnung, da müsste ich Johannes noch einmal fragen. Oder am besten, ich fragte meinen Bruder, der unten im Wohnzimmer saß und das *Hamburger Abendblatt* las.

Warum ich das alles wissen wollte, fragte mein Bruder.

Ich erzählte ihm von dem Artikel und von Johannes' Angebot.

„Bring ihn mal her", sagte er.

Ich holte den Artikel aus meinem Zimmer, bereute aber bereits, dass ich meinem Bruder davon erzählt hatte. Jetzt konnte ich sowieso nicht mehr behaupten, ich sei der Autor des Artikels.

Mein Bruder überflog ihn und sagte nur: „Bist du wirklich so dumm?"

„Ich weiß nicht", sagte ich. „Wieso?"

„Der Kerl ist doch nur zu feige, den Mist unter seinem eigenen Namen zu veröffentlichen. Und du willst deinen Kopf dafür hinhalten? Ich hätte dich für klüger gehalten."

So sei es gar nicht, sagte ich. Ich hätte Johannes nämlich zu diesem Artikel inspiriert. Er hätte meine Worte mitgeschrieben und daraus den Artikel gemacht. Deswegen sei es in gewisser Weise doch mein Artikel.

„Und was ist mit diesem Spruch: Arbeit macht frei? – Ist das auch von dir?"

„Nein", sagte ich.

„Der steht über dem Eingang vom KZ in Auschwitz", sagte mein Bruder. „Willst du allen Ernstes das Schullandheim mit einem Vernichtungslager vergleichen, in dem die Juden in die Gaskammern getrieben wurden? Dieser Artikel ist geschmacklos, hochmütig und – dumm."

Und mit dem Wort *dumm* riss er die Seiten in der Mitte durch.

Am Abend erzählte er die Sache meinen Eltern.

„Hol den Artikel mal her", sagte mein Vater.

Mein Bruder hätte ihn zerrissen, sagte ich. Aber natürlich hatte ich die Seiten längst wieder zusammengeklebt.

„Du bringst sofort dieses Machwerk her!", brüllte mein Vater.

Als er das Machwerk gelesen hatte, geriet er noch mehr außer sich. „Das ist Kommunismus", rief er. „Der Kerl gehört von der Schule verwiesen. Der verdirbt ja alle anderen mit. Ein fauler Apfel und der ganze Korb ist hin. Wer ist der überhaupt? Kenne ich den?"

Johannes war fassungslos, als ich ihm davon berichtete. „Du hättest nicht zu deinem Bruder gehen dürfen", sagte er. Es war doch unser Geheimnis. Verstehst du?"

„Ja", sagte ich. „Es tut mir leid."

In meinem Innersten aber war ich froh, dass der Kelch an mir vorübergegangen war.

INTERCITY-INTERMEZZO

Nein, dachte ich, so war er nicht. Ich hatte das Bedürfnis, meinen Vater vor mir selbst in Schutz zu nehmen, was natürlich unmöglich war, das Manuskript war, wie es war, und es war ja auch nicht falsch, was ich geschrieben hatte, ich meine, es war nicht die Unwahrheit, es zeichnete nur ein sehr einseitiges und ungerechtes Bild, als wäre mein Vater nichts als ein Tyrann gewesen und nicht vor allem ein kluger, empfindsamer, großzügiger (ja, das war er!) und liebevoller Mensch. Und fleißig! Und pflichtbewusst! Und mutig! Und verantwortungsbewusst! Ein Unternehmer eben, falls noch jemand weiß, was damit gemeint ist. Aber es ist wohl so, dass ich ihn jetzt, wo ich alt geworden bin, in einem anderen Licht sehe, als zu der Zeit, da ich das Manuskript schrieb und versuchte, mich in die Welt des Vierzehnjährigen zurückzuversetzen.

Aber wie auch immer mein Vater sich verhalten hat – es ist mir unerklärlich, dass ich damals auf Johannes' Vorschlag eingegangen bin. Wieso kam es für mich, den Vierzehnjährigen, überhaupt in Frage, meinen Namen über einen Artikel zu setzen, den ich nicht geschrieben hatte und auch nicht hätte schreiben können? Weder hatte ich die Intention noch das intellektuelle Rüstzeug dafür! Was war es, das mich auf Johannes' Angebot eingehen ließ? Eitelkeit? Schwäche? Der geheime Wunsch, auch so etwas schreiben zu können? Oder war seine Suggestionskraft so stark, dass ich nicht nein sagen konnte?

Ich weiß es nicht. Ich weiß nur, dass mein Unbewusstes (falls es so etwas gibt) die ganze Sache so gesteuert hat, dass erst mein Bruder und dann mein Vater mich davor bewahrten, als Autor dieses Artikels zu erscheinen, zu dem ich niemals hätte stehen können.

So delegieren wir manchmal das Verhindern unserer Handlungen an Andere und verurteilen diese auch noch dafür, obwohl sie uns doch nur davor bewahren, etwas zu tun, das wir im Grunde unseres Herzens gar nicht tun wollen.

DAS MANUSKRIPT (FORTS.)

When the Saints

In der folgenden Zeit hielt ich mich von Johannes fern. Nicht, dass ich jeglichen Kontakt zu ihm vermied, aber ich blieb doch immer häufiger der Clique fern, die nach der Schule zur italienischen Eisdiele ging. Ich bedauerte das ein wenig, weil ich Bruna und vor allem Gina nicht mehr sah, aber ich wollte nicht noch einmal von Johannes in Versuchung geführt werden. Stattdessen war ich fast nur noch mit Kai zusammen, weil wir beschlossen hatten, unsere Jazzband zu gründen.

Wir entrümpelten den Keller, den meine Eltern uns als Probenraum überließen, strichen die Wände schwarz und rot an, pinnten Plakate von Jazzkonzerten und Schwarzweißfotos von Jazzmusikern an die Wände, und dann, endlich, waren wir so weit.

Trompete, Klarinette, Banjo, Bass und Schlagzeug waren versammelt, nur die Posaune fehlte. Kai behauptete, er hätte trotz intensivster Suche niemanden gefunden, der Posaune spielte, aber ich war ziemlich sicher, dass er nur den Platz freihalten wollte, den er für sich selbst vorgesehen hatte. Wahrscheinlich würde er zu Weihnachten eine Posaune bekommen, und in einem halben oder dreiviertel Jahr hätten wir einen neuen Banjospieler, und Kai wäre der Posaunist.

Was ich an Kai bewunderte, war dieses sichere Vertrauen darauf, dass alles so kommen würde, wie er es sich vorgestellt hatte. In einem halben Jahr gründe ich eine Band, hatte er auf Sylt gesagt, und nun war das halbe Jahr um, und die Band wurde gegründet. Woher hatte er gewusst, dass er die Mitspieler dafür finden würde?

Ich hätte ihm zugetraut, dass er auch den anderen – genau wie mir – das Instrument seiner Wahl aufgeschwatzt hatte. Vielleicht hatte Freddie, also Fred Hausner, ursprünglich Klarinette spielen wollen, und Kai hatte gesagt, hey, Freddie, was willst du mit 'ner Klarinette, du hast doch diese unglaubliche Rhythmusgefühl, versuch's mal mit 'nem Schlagzeug, das ist doch auch ein tolles Instrument. Und Freddie hatte seine Eltern dazu gebracht, ihm eine große Trommel und eine Snare Drum, ein Becken, ein Hihat, ein paar Stöcke und zwei Besen zu kaufen, und dann auch noch den ganzen Krach zu ertragen.

Und wer spielte schon freiwillig Bass und schleppte so ein Riesenteil mit sich herum, nur um für die anderen die Basslinie und den Rhythmus zu zupfen, das war doch eine undankbare Aufgabe!

Aber als ich Niko Vollmer fragte, wie er denn ausgerechnet auf den Bass gekommen sei, lächelte er nur still in sich hinein, und als wir uns ein bisschen näher kennengelernt hatten, erzählte er mir, dass seine Eltern ihn als Sechsjährigen mal zu einem Streichquartett mitgenommen hätten, bei dem ein Kontrabass mitgespielt habe. Vom ersten Augenblick an habe er wie verzaubert den Mann angestarrt, der diese riesige Geige umschlungen hielt wie einen mannshohen Teddybären. Cello, Violine und Viola hätten ihn nicht interessiert, nur der Bass mit seinem vollen tiefen Klang, und von diesem Tag an hätte er gewusst, dass er einmal Bass spielen werde. Es sei übrigens das Streichquartett mit Kontrabass von Luigi Boccherini gewesen, ob ich das mal gehört hätte?

Der Trompeter hieß Heribert Schulze. Er biederte sich sofort bei mir an, indem er sagte, Benjamin sei ja der ideale Name für einen Klarinettisten, Benny Goodman sei für ihn der Größte, etwas Besseres als das Carnegie-Hall-Konzert könne er sich gar nicht vorstellen, da streife der Jazz die Würde der Klassik.

Ich hörte mir das an und dachte, ich will überhaupt nicht, dass der Jazz die Würde der Klassik streift, ich will, dass er wild und ungebärdig ist, und Benny Goodman habe ich nie gemocht, bewundert ja, gemocht nicht. Wenn du mich fragst, wer der *King of Swing* ist, dann sage ich Edmond Hall und nochmal Edmond Hall, hör dir sein Solo im *Tin Roof Blues* an oder in *Dardanella*, und wenn du dann nicht spürst, dass das etwas anderes ist als deine geschniegelte Benny-Goodman-Welt, dann ist dir nicht zu helfen.

Das erste Stück, das wir probten, war *When the Saints go marchin' in,* und es klang grauenhaft. Wir fingen noch einmal von vorn an, und es wurde nicht besser. Bis Kai dahinter kam, dass jeder in einer anderen Tonart spielte, der eine in F der andere in B der dritte in C. Als wir uns endlich nach längeren Diskussionen auf B-Dur geeinigt und auch noch unsere Instrumente nachgestimmt hatten, klang es schon besser. Es war noch nicht die große Kunst, woher sollte die auch kommen, aber es war irgendwie schon – *Jazz.*

Wir spielten fünf, sechs, sieben, acht oder noch mehr Chorusse. Kai spielte Banjo und sang mit seiner näselnden Stimme ein paar Strophen, dann kamen die Soli, Klarinette, Trompete, sogar ein Bass-Solo von Niko, und Niko schlug und zupfte die Saiten, als hätte er nie in seinem

Leben etwas anderes gemacht, und schließlich, als Kai den letzten Chorus angesagt hatte, holten wir noch einmal alles aus unseren Instrumenten heraus, so laut es ging, und es ging ziemlich laut – ach, war das ein herrlicher, gottbegnadeter Lärm! Und dann – genau in dem Moment, in dem Freddie mit einem kräftigen Schlag aufs Becken den Schlussakzent setzte – sprang die Tür auf, und mein Vater kam herein, laut lachend, hoho, und sagte, am Anfang hätte er ja gedacht, es kämen harte Zeiten auf ihn zu, aber jetzt, zuletzt, da hätte ja alles richtig harmonisch zusammengeklungen, das sei ja großartig, großartig! Es sei eine so fröhliche und beschwingte Musik, das gefalle ihm ausgezeichnet, ausgezeichnet, auch wenn er selbst mehr für Verdi oder Wagner schwärme, aber egal, jeder nach seiner Fasson, Hauptsache, ihr habt Spaß an der Sache, und dass ihr den habt, das habe ich eben mit eigenen Ohren gehört. Also weiter so, Jungs. Großartig. Ausgezeichnet!

Und dann ließ er sich von jedem den Namen sagen und tätschelte Heribert sogar am Kopf, was dieser sich widerstandslos gefallen ließ, und ich stand da und schämte mich zu Tode für meinen Vater, weil er so plump vertraulich in unsere *Session* hereingeplatzt war. Die anderen aber fanden alle, dass ich einen sehr netten und sympathischen alten Herrn hätte, wirklich schwer in Ordnung. Nur Kai, der keinen Vater hatte, sagte nichts dazu, und ich nahm an, er dachte, bevor ich so einen Vater habe, ist es doch allemal besser, wenn er *im Krieg geblieben* ist.

Erst im folgenden Sommer, als wir zusammen auf der Alster Tretboot fuhren und dabei eine Flasche Malagawein leerten, sagte Kai beiläufig, mehr gemurmelt als gesprochen, er hätte mich in diesem Augenblick so sehr um meinen Vater beneidet, dass er wie betäubt gewesen sei.

Der bornierte Koloss

So sehr ich jetzt von ganzem Herzen Jazzmusiker war oder werden wollte, so sehr faszinierte es mich doch immer wieder, wenn Johannes die Klasse mit seinen komödiantischen Einlagen zum Lachen und zum Staunen brachte. Ich hätte ihm ewig zuschauen können. Kai stahl sich immer davon, wenn Johannes seine Show abzog, er hatte ein tiefes Misstrauen und einen ausgeprägten Widerwillen gegen diesen *Blender*, wie er ihn nannte. Aber ich ließ mich gerne blenden. Ich meine, man konnte sagen, der Ronneburger ist ein Blender, und sich von ihm abwenden, weil man mit so einem nichts zu tun haben wollte, aber man konnte eben auch über dieses Talent staunen, mit dem es Johannes gelang, uns mit immer neuen Verwandlungen zu überraschen. Mich jedenfalls machte es neugierig. Wie macht der das, fragte ich mich immer wieder, wie macht der das?

Johannes und Dr. Ahrndt, unser Deutschlehrer, standen seit einiger Zeit fast in jeder großen Pause beisammen und redeten mal ruhig und flüsternd, mal etwas aufgeregter, manchmal sogar wie im Streit, aufeinander ein. Dabei hielten sie ein Büchlein in der Hand und zeigten mit den Fingern darauf oder nahmen es als Unterlage, um ein Wort oder einen Satz auf einen Zettel zu schreiben, es wieder auszustreichen und etwas Neues hinzuschreiben, so sah es jedenfalls aus.

Der Grund dafür war, wie ich bald erfuhr, eine geplante Theateraufführung. Das Stück – *Frühlings Erwachen* von Frank Wedekind – hatte Johannes ausgesucht, und Dr. Ahrndt hatte nach einigem Bedenken zugestimmt. Er hatte sich sogar bereit erklärt, Johannes die Regie anzuvertrauen.

Ich fragte mich, ob ich auch eine Rolle in dem Stück bekommen würde, und der Gedanke ließ mir keine Ruhe. Es kam vor, dass ich mir abends im Halbschlaf ausmalte, wie ich auf der Bühne stand, vor einem großen Publikum, und einen langen Monolog hielt, den mein Hirn sich vollkommen selbsttätig ausdachte. Alle starrten wie gebannt auf mich und hörten mir begeistert zu; und am Ende war der Beifall so gewaltig, dass ich vor lauter Aufregung wieder hellwach wurde und nicht mehr einschlafen konnte.

Als Johannes mich beiseite nahm und sagte, er würde gern mal mit mir über das Stück und die Besetzung reden, wurden meine Hände feucht vor Aufregung. Vielleicht würde ich wirklich eine Rolle bekommen? Am Ende gar eine Hauptrolle?

Johannes schlug vor, zum Dammtor zu fahren und in die vegetarische Gaststätte zu gehen, er lade mich ein, das koste ihn nichts, weil er von seiner Tante die Gutscheine für das Essen bekomme. Seine Tante war Telefonistin in einer großen Firma. Sie hatte eine Stimme, in die ich mich sofort verliebte, als ich sie das erste Mal am Telefon hörte. Johannes? sagte sie, indem sie lange auf den beiden N verweilte, wodurch das A ganz weich und warm klang, nein, der Johan-nes ist nicht da. Darf ich ihm etwas ausrichten?

Ich hätte am liebsten jeden Tag bei ihr angerufen und nach Johannes gefragt, nur um diese warme, dunkle, leicht angeraute Stimme zu hören.

Ich bot Johannes an, ihn zu Hause abzuholen und hoffte, seine Tante kennenzulernen, aber Johannes wollte nicht, dass ich zu ihm käme. Das sei zu umständlich sagte er. Ich hatte den Verdacht, er schämte sich, weil er nicht wie ich in einer weißen Villa in Groß-Flottbek wohnte, sondern in einem Mietshaus in der Kieler Straße, zusammen mit seiner Mutter, seiner Tante, seiner Großmutter und seinem Großvater, der übrigens, so Johannes, nur noch schwerhörig im Sessel sitze und vor sich hin starre, wenn er nicht gerade zum Klo schlurfe und daneben pinkle. Die Großmutter – Johannes nannte sie *die alte Baubo* – schimpfe und keife jedes Mal mit ihm herum, weil er sich nicht hinsetze, aber der Großvater habe es am Rücken, und jedes Hinsetzen und Wiederaufstehen sei für ihn eine Qual, deswegen pinkele er weiter im Stehen und ertrage lieber das Gekeife der Großmutter. Ansonsten renne die Großmutter den ganzen Tag mit dem Staubsauger in der Wohnung herum, es sei unerträglich, nichts hasse er mehr als das Geräusch von Staubsaugern oder anderen Geräten, die auf mechanische Weise Luft umwälzten, aber er könne bitten und betteln, so viel er wolle, es helfe nichts, die alte Baubo sei so verwachsen mit ihrem Staubsauger, dass es ihr nicht genüge, morgens, wenn er in der Schule sei, Staub zu saugen, sie müsse es auch noch nachmittags tun, wenn er zu Hause sei und sich auf seine Lektüre konzentrieren wolle, ohne Staubsauger fühle sie sich wie amputiert.

Ich musste lachten, wenn Johannes so davon erzählte, beinahe beneidete ich ihn um seine staubsaugende Großmutter und den daneben pinkelnden Großvater, aber ich konnte auch wieder verstehen, dass er nicht gerade versessen darauf war, mir die beiden vorzustellen. So trafen wir uns also auf dem Bahnhof Holstenstraße, fuhren mit der S-Bahn nach Dammtor und gingen Richtung Jungfernstieg, vorbei an dem Kriegerdenkmal, einem mächtigen Quader, auf dem die Soldaten, wie Johannes sagte, dazu verurteilt waren, bis in alle Ewigkeit ums Karree zu laufen, in einer ewigen Marschierverdammnis.

Die Vegetarische Gaststätte lag an einem der Fleete, die von der Alster zur Elbe führten. Seine Tante sage übrigens immer nur, sie gehe *in die Vegetarische*, sagte Johannes, und seine Großmutter sage sogar *in die Fegetarische*, das sei dann kaum noch auszuhalten.

Während wir die von Johannes empfohlenen Blaubeerpfannkuchen aßen, kam er auf das Theaterstück zu sprechen, auf *Frühlings Erwachen*. Es gebe ja ein paar gewagte Szenen darin, zum Beispiel die, in der Hänschen Rilow sich mit dem Bild einer nackten Frau ins Klo einschließe und onaniere. Er würde das am liebsten so realistisch wie möglich bringen, sagte Johannes, aber Dr. Ahrndt habe gesagt, er wolle keinen Skandal riskieren. Er habe entgegnet, Kunst müsse den Skandal riskieren, sonst sei sie keine Kunst, aber Dr. Ahrndt habe nur seine Hamsterzähne gezeigt und gesagt, wir machen keine Kunst, wir machen eine Schüleraufführung, deswegen sollten wir den Skandal vermeiden. Außerdem sei gar nicht sicher, ob es nicht trotzdem einen Skandal gebe, das Stück sei auch ohne die gestrichenen Stellen brisant genug.

„Womit er übrigens Recht hat", sagte Johannes, „das Stück ist ja seit 1933 nicht mehr gespielt worden. Aber trotzdem, die Szene mit Hänschen Rilow bleibt drin. Ich weiß noch nicht, wie ich es anstelle, vielleicht mildere ich sie ein wenig ab, aber gestrichen wird sie auf keinen Fall."

Warum erzählte er mir das? dachte ich und hatte auf einmal Angst, ich sollte das Hänschen Rilow spielen und mir auf offener Bühne die Hose aufknöpfen.

„Nein, nein", sagte Johannes. „Ich hatte dich eigentlich für den Moritz vorgeschlagen, aber –"

„Du hast – was?", rief ich erstaunt aus.

„Dich für den Moritz –„

„Bist du verrückt?"

„Das würde mich nicht wundern, sagte Johannes.
„Genie und Wahnsinn, lies Gottfried Benn."

„Aber ich kann doch gar nicht Theater spielen", sagte ich.

„Ich werde es dir schon beibringen."

So etwas Ähnliches hatte er schon einmal gesagt, in Puan Klent, als er mir vorschlug, Hörspiele aufzunehmen, wozu es allerdings nicht gekommen war, weil ich nach der Affäre mit dem Artikel für *Die Lupe* keinen Mut mehr hatte, meinen Vater nach dem Tonbandgerät zu fragen. Schon damals hatte ich mich über Johannes gewundert. Man konnte doch nicht jedem beliebigen Menschen das Sprechen in einem Hörspiel beibringen. Der musste doch wenigstens Talent dazu haben. Und wieviel mehr noch, wenn es, wie jetzt, ums Theaterspielen ging.

„Talent?", sagte Johannes. „Das hast du doch."

„Das ist mir noch gar nicht aufgefallen." Ich ärgerte mich darüber, dass er so tat, als wüsste er das besser als ich selbst. Aber natürlich schmeichelte es mir auch, dass er mir eine Hauptrolle zutraute.

„Du als Moritz, Harald Wohmann als Melchior, das wäre meine Idealbesetzung", sagte Johannes, aber an diesem Punkt sei leider etwas schiefgegangen – Dr. Ahrndt sei dagegen. Zwar sei er, Johannes, der Regisseur, aber Dr. Ahrndt sei gewissermaßen der Theaterdirektor, und der habe das letzte Wort. Mit Harald Wohmann als Melchior sei er einverstanden, aber gegen mich als Moritz habe er sich mit Händen und Füßen gewehrt. Benjamin?, habe er gesagt, der hat doch nicht den geringsten Funken Talent.

„Aber das kann der doch auch nicht wissen!", rief ich empört aus.

„Genau das habe ich ihm entgegnet", sagte Johannes. „Aber Dr. Ahrndt hat nur auf seine charakteristische

Weise die Stirn gerunzelt – und weißt du, was er dann gesagt hat? Es ist wirklich komisch, es ist absurd! Er hat gesagt – und nun ahmte Johannes die Stimme von Dr. Ahrndt nach: „Ich weiß nicht, wie Sie auf Benjamin kommen, Herr Ronneburger, ich weiß nicht, warum ausgerechnet auf den, der ist doch nur, wenn Sie gestatten, dass ich das so offen ausspreche, ein *bornierter Koloss*.“

Das Wort traf mich wie ein Faustschlag. Mein Magen krampfte sich zusammen, das Blut zog sich aus Kopf, Händen, Füßen und Beinen zurück – wohin? – ich war mit einem Male taub, gefühllos, wie versteinert. Und kalt war mir. Eisig kalt. Ich zündete mir eine Zigarette an, um mich zu wärmen. Wie konnte Dr. Ahrndt so etwas sagen? Wieso war ich ein bornierter Koloss? Wieso borniert? Wieso Koloss? Was hieß das überhaupt – borniert?

„Oh Gott“, sagte Johannes bestürzt. „Ich hätte dir das nicht erzählen dürfen. Es war ein Fehler, verzeih. Ich habe gar nicht daran gedacht, dass dich das treffen könnte. Ich fand es so absurd, ich habe wirklich gedacht, wir lachen darüber. Es ist ja eigentlich zum Lachen, weil es überhaupt nichts mit der Wahrheit zu tun hat. Du bist ja gerade das Gegenteil von borniert, du bist ja gerade einer der Wenigen, die ...“ Er nahm meine Hand, und ich spürte an der Wärme seiner Hand, wie kalt meine eigene war. „Aber nein“, sagte er und ließ meine Hand wieder los, „für dich ist es natürlich nicht zum Lachen, dich musste es ja treffen, das habe ich nicht bedacht. Entschuldige. Ich war borniert. Ich bin der Koloss.“

Und nach einer kleinen Pause wiederholte er noch einmal leise: „Entschuldige. Es tut mir furchtbar leid.“

INTERCITY-INTERMEZZO

Der Zug hielt gerade in Halle, als ich dies las, und es kam mir vor, als spürte ich noch einmal den Faustschlag in meinem Magen. Ich atmete tief durch, unterbrach meine Lektüre und sah dem Treiben auf dem Bahnhof zu. Oder nein, ich schaute gar nicht zu, nicht mit Interesse wenigstens, ich wartete nur, bis die Leute, die aussteigen wollten, das Abteil verlassen und die neu Zugestiegenen ihre Sitze eingenommen hatten. Mit meinen Gedanken blieb ich in der Vergangenheit. Es war für mich auch jetzt noch kaum zu verstehen, dass Dr. Ahrndt damals diesen furchtbaren Satz gesagt hatte, und ebensowenig, dass Johannes ihn mir weitererzählte. Solche Sätze verfolgen dich ein Leben lang. Ich dachte zum Glück nicht immer daran, aber immer, wenn ich mich in der Gesellschaft von klugen Leuten befand und etwas allzu Profanes oder Dummes gesagt hatte und sie mich verwundert oder befremdet von oben herab ansahen, dann kam mir dieser Satz in den Sinn. Ja, ich weiß, ich bin ein borniert er Koloss, hätte ich dann oftmals sagen wollen, aber das hätte die Sache natürlich nur noch schlimmer gemacht.

Während ich darauf wartete, dass der Zug wieder anfuhr, ging mir noch ein anderer Satz durch den Kopf, ein Satz, den ich eben gelesen hatte, ohne ihn besonders zu beachten, der aber jetzt, wo ich das Manuskript beiseite gelegt hatte, einen Nachhall in mir erzeugte, ein fernes Echo, wie eine Melodie, die einem durch den Kopf geistert und einen nicht loslässt. Ich blätterte zurück, um den Satz wiederzufinden, ich wusste nicht genau, welcher es war, aber ich wusste, ich würde ihn sofort erkennen, wenn er mir wieder vor Augen käme, und tatsächlich – ich fand ihn in dem Kapitel, in dem es darum geht, wie ich oder der Ich-Erzähler (denn ich bin ein Anderer) anfing, Klarinette zu üben:

Ich führte ein Doppelleben: Für Herrn Stirner spielte ich Lang, lang ist's her, für mich selbst When the Saints go marchin' in. Für Herrn Stirner übte ich den sauberen Konservatoriumston, für mich selbst spielte ich möglichst rau, mit einem kräftigen Vibrato und dirty tones. Man konnte natürlich auch Lang, lang ist's her mit einem jazzigen Klang spielen und darüber improvisieren, und das tat ich auch, aber wenn ich mich auf die Stunde bei Herrn Stirner vorbereitete, dann ließ ich die Arabesken beiseite und hielt mich wieder streng an das, was die Noten befahlen. Es kam mir verlogen vor, und das war es auch, aber ich hatte keine andere Wahl.

Ja, dachte ich, nachdem ich diese Sätze wiedergelesen hatte, das Manuskript hätte auch *Doppelleben* heißen können. Es handelt ja nicht nur vom Klarinettenspiel auf dem Konservatorium einerseits und beim Jazz andererseits, sondern auch von der Beziehung zu Johannes einerseits und der zu Kai andererseits, und davon, dass die beiden Welten, für die sie standen, nicht vereinbar waren. Kai hielt nichts von Johannes und der Schauspielerei, und Johannes schaute von der Höhe seiner geistigen und künstlerischen Existenz oder, wie er gesagt hätte, von der *Höhe des Geistes* auf Kai und den Jazz herab, und er wollte mich unbedingt davon erlösen. Ich aber wollte beides. Und das war nur möglich, indem ich mich aufspaltete.

Bald darauf sollte es noch eine weitere Spaltung geben, eine, die mich noch mehr verstörte als die zwischen Jazz und Geist.

DAS MANUSKRIPT (FORTS.)

Proben

Es war Peter Pasing, der die Rolle des Moritz bekam. Johannes sagte, wenn der Moritz schon nicht meine naive, schwermütige und verträumte Ausstrahlung haben dürfe, dann solle er wenigstens etwas Armseliges, Bedauernswertes, Mitleid Erregendes bekommen, und dafür sei Pee-Pee, wie alle ihn nannten, mit seiner schmächtigen Gestalt, seinem schütteren Haar und seiner schiefen Nase gerade recht.

Ich bekam die Rolle des Ernst, eines Mitschülers von Moritz, der im ersten und im dritten Akt auftrat, in insgesamt drei Szenen. Das war nicht so viel, wie ich gehofft hatte, aber immerhin.

Ich war gern bei den Proben, vorausgesetzt, Dr. Ahrndt war nicht da. Wenn er kam, musste ich, ob ich es wollte oder nicht, daran denken, dass er mich für einen borniertert Koloss hielt, und dann fühlte ich mich so ungeschickt und tölpelhaft, dass ich Dr. Ahrndt insgeheim Recht gab. Es war wie ein böser Zauber. Jemand sagt, du bist ein bornierter Koloss, und schon bist du einer.

Zum Glück kam Dr. Ahrndt nicht oft, und wenn, dann saß er meist als stummer Beobachter in der letzten Reihe, ohne in die Probe einzugreifen. Er hatte, wie es schien, volles Vertrauen zu seinem Regisseur.

Es war aber auch faszinierend, mit welch traumwandlerischer Sicherheit Johannes wusste, wie wir unsere Rollen spielen sollten. Warum, zum Beispiel, war der eine aus der Schülergruppe, ein Kerl namens Otto, ein fieser, ekelhafter, grober Mensch, und der andere, Ernst, ein zartfühlender, etwas ängstlicher, melancholischer und nicht recht lebenstüchtiger Junge?

„Woher weißt du das eigentlich so genau?", fragte ich.

„Aber das steht doch im Text", sagte Johannes.

„Komisch", sagte ich, „in meinem steht es nicht."

„Es steht in den Zeilen, zwischen den Zeilen", sagte er. „Man hat doch alles ganz plastisch vor Augen, wenn man das Stück liest."

Ich las das Stück noch einmal und bemühte mich, alles ganz plastisch vor Augen zu haben, aber es half nichts. Ich wusste immer noch nicht, ob einer von links oder von rechts auftreten und wie er sich auf der Bühne bewegen sollte. Umso mehr bewunderte ich Johannes dafür, dass er nicht nur alles wusste und erklärte, sondern es auch vormachen konnte.

Zu Beginn der Probe saß er immer unten an seinem Regiepult und dirigierte uns mit ausgestreckten Armen von dort. Aber allzu lange hielt es ihn nicht auf seinem Platz, bald sprang er mit großen Schritten, ausladenden Armbewegungen und halb aus der Hose gerutschtem Hemd auf die Bühne und fing an, die ganze Szene vorzuspielen, eine Rolle nach der anderen, wobei er zugleich Handlung und Charaktere mal mehr, mal weniger ausgiebig kommentierte.

„Pass auf, Melchior", – er nannte uns, wenn wir auf der Bühne standen, immer nur bei unseren Rollennamen –, „pass auf, du bist ganz außer Atem, wenn du auftrittst, du hast den Moritz schon überall gesucht, ihr hattet euch ja verabredet, und er ist nicht gekommen, das steht zwar nicht im Buch, aber das darfst du ruhig annehmen, und da er sonst immer pünktlich ist, machst du dir Sorgen, weil du weißt, was für ein zarter und gefährdeter Mensch er ist, deswegen liebst du ihn ja gerade – du kommst also von da hinten, da ist ja eure Schule, das Gymnasium, du bist gerannt, bist außer Atem und – also, ich zeig's dir mal, ich bin jetzt du, ich komme in den Park, ich sehe die anderen beieinander stehen und rufe: *Kann mir einer von euch sagen, wo Moritz Stiefel steckt? –* Soll ich es dir nochmal vormachen, Melchior? Nein? – Und nun du, Georg, an den sich Melchior vor allem gewendet hat, du sagst jetzt also mit wichtiger Miene, ein bisschen schadenfroh, aber auch ein bisschen mitleidig: *Dem kann's schlecht gehen! Mein lieber Mann, dem kann's schlecht gehen! –* genau so, kapiert?"

„Aber das steht da doch gar nicht", sagte Klaus Hansen.

„Was steht da nicht?"

„,Mein lieber Mann'. Da steht ,O'."

„Ist das dein Text, Hänschen Rilow?"

„Nein, aber wozu lernen wir den Text, wenn du ihn doch wieder änderst."

„Du kannst gern ,O' sagen, Georg", sagte Johannes zu Michael Rauthental, der den Georg spielte, „aber mir kommt eine Floskel wie ,mein lieber Mann' natürlicher vor als dieses antiquierte ,O'. Was meinst du?"

Georg, also Michael Rauthental, meinte gar nichts dazu, er war offensichtlich überfordert mit der künstlerischen Entscheidung zwischen ,O' und ,mein lieber Mann', aber Johannes beharrte auch nicht weiter darauf. „Darum wollte ich euch übrigens alle bitten", sagte er, „klopft euren Text darauf ab, ob ihr ihn flüssig in die Schnauze kriegt, und wenn er euch zu sperrig und zu altertümelnd vorkommt, dann bietet mir eure Änderungen an. Wir müssen uns nicht sklavisch an das Original halten, wir sind ja keine Museumswärter, wir sind Theaterleute, wir haben es mit der Gegenwart zu tun. Also – damit wir uns recht verstehen, Hänschen –, es kommt mir nicht auf den Buchstaben an, es geht mir um den Geist, verstehst du, den Geist!"

Und als er das Wort zum zweiten Mal aussprach, führte er beide Hände mit halb gespreizten Fingern an die Schläfen und von dort, indem er die Arme ausbreitete, nach außen, wo er sie in großer Geste stehen ließ.

Für eine kleine Ewigkeit sah es tatsächlich so aus, als sei der Geist oder irgendeine transzendentale Erleuchtung über ihn gekommen – bis Peter Pasing, der die ganze Zeit hinter der Bühne auf seinen Auftritt gewartet hatte, auftrat, die Hände mit halb gespreizten Fingern an die Schläfen und von dort nach außen führte und dabei in einem Ton, als habe er gerade ein Gespenst gesehen, ausrief: „Der Geist! Der Geist!"

Das war so komisch und auch so ansteckend, dass wir bald alle auf der Bühne herumstolzierten und flüsterten oder sonstwie deklamierten: „Der Geist! Der Geist!", als befänden wir uns in einer Horrorkomödie.

Johannes ließ das eine Weile geschehen, lachte wohl auch ein bisschen mit über unsere Albernheiten, klatschte dann aber in die Hände und rief: „So, Kinder, nun aber genug der Tollerei, wir haben zwar Zeit, aber keine Zeit zu verlieren. Weiter! Noch einmal von vorn. Allez hopp!"

Und dann spielte er wieder jedem seine Rolle vor, bis jedes Wort und jede Geste einstudiert waren, ein fest geschnürtes Korsett, aus dem wir nicht mehr heraus konnten und auch nicht wollten, da es uns am Ende nicht als Zwang oder Dressur vorkam, sondern als unsere zweite Natur.

So ist das also, dachte ich, so ist die Schauspielerei. Alles wird vorher festgelegt, jeder Ausdruck, jedes Wort, jede noch so kleine Geste. Was für ein Unterschied zum Jazz, wo nur die Harmonien verbindlich sind, und alles andere immer wieder neu entsteht, aus der Eingebung des Augenblicks heraus, in freier Improvisation!

Aber mit der freien Improvisation war es auch so eine Sache. Louis Armstrong spielte seine Soli, wenn er sie einmal für gut befunden hatte, immer wieder; immer dasselbe Solo im *West End Blues* oder bei *Muskrat Ramble*. Das war dann doch auch keine freie Improvisation mehr. Am Anfang ja, beim ersten Mal ja, aber danach? Das war so, als hätte Louis Armstrong sich ein Solo komponiert, um sich dann streng – oder doch weitgehend – an seine eigene Komposition zu halten. Und andere spielten diese Soli womöglich nach, so wie ich das Solo von Edmond Hall im *Tin Roof Blues,* weil es einfach besser war, als alles, was ich mir selber hätte ausdenken können. Oder so wie alle Klarinettisten das Solo von Alphonse Picou in *High Society* nachspielten, alle – mit leichten Abwandlungen – dasselbe.

Nun ja, immerhin gab es beim Jazz keinen Regisseur oder Dirigenten, der den Musikern sagte, wie sie zu spielen hatten, und das war doch ein Unterschied ums Ganze, oder nicht?

Aber andererseits: wurde nicht Ken Colyer in Jazzerkreisen *The Guv'nor* genannt, weil er als Bandleader ein so strenges Regiment führte?

Ich dachte mal so und mal so, je nachdem, mit wem ich zusammen war. Johannes gegenüber betonte ich die Freiheit des Jazz, das Spontane, die Unwiederbringlichkeit des Augenblicks, aber wenn Kai mich fragte, wie weit wir denn mit unserem *Erwachen* wären, dann verteidigte ich die Regiearbeit von Johannes, seine Ideen, seine Einfälle, seine Begeisterung und das chamäleonartige Talent, mit dem er einem jeden seine Rolle vorspielte.

Kai aber blieb bei seinem Misstrauen gegen Johannes. „Der ist doch ein Diktator", sagte er, „ein Tyrann. Von mir aus ein Tyrann mit Ideen und Einfällen und einem chamäleonartigen Talent, wie du sagst, aber das ändert doch nichts an der Sache. Nein, lass mich in Ruhe mit Johannes Ronneburger, und zum Teufel mit dem ganzen Theater!"

Atom-Otto

Ostern kam, die Ferien und vorher die Zeugnisse. Zwei aus der Klasse blieben sitzen. Zum Glück war keiner der beiden ein Moritz Stiefel, der sich deswegen umbrachte.

In meinem Zeugnis fanden sich nur Dreien und Vieren. Als besondere Bemerkung hatte Dr. Ahrndt geschrieben: Benjamin wäre ein weit besserer Schüler, wenn er nicht nur begabt, sondern auch fleißig wäre. Na also, dachte ich, ich bin begabt, das reicht doch. Als sei die reine Möglichkeit genug. Als gäbe es Menschen, von denen man einen wirklichen Einsatz nicht verlangen kann. Möglichkeitsmenschen.

Zu unserer ersten *Session* in den Osterferien brachte Kai Hans-Otto Martens mit, einen kleinen, drahtigen Kerl mit schwarzen Haaren, Bürstenfrisur und ungewöhnlich dunklem Teint. Sein Spitzname war Atom-Otto. Kai stellte ihn auch so vor, und Atom-Otto grinste dazu. Er hatte sein Banjo dabei und Kai seine neue Posaune.

Unseren ersten Auftritt hatten wir auf einer Abitur-
fete in einer herrschaftlichen Villa mit parkähnlichem
Vorgarten an der Elbchaussee. Zwei große, durch eine
verglaste Flügeltür miteinander verbundene Räume: Im
einen war das Buffet aufgebaut, im anderen wurde ge-
tanzt. Hinten, im Erker, dessen große Fenster zur Elbe
hinaus gingen, stand die Band, deren Name nun auf Fred-
dies großer Trommel zu lesen war: *Downtown Six*.

Wir spielten unser ganzes Repertoire, von *At the Jazzband Ball* bis *When the Saints*, und das einzige Problem
war, dass wir noch nicht genügend Stücke einstudiert
hatten, um einen ganzen Abend ohne Wiederholungen
zu bestreiten, aber das fiel kaum jemandem auf. Einer
der Höhepunkte war der *Wild Cat Blues*, den ich Ton für
Ton von Monty Sunshine nachgespielt hatte. Als wir eine
Pause machten, kam ein Mädchen in einem weißen Kleid
mit großen schwarzen Punkten auf mich zu und fragte,
wie lange ich schon Klarinette spiele. Ich sagte, ich hätte
vor ungefähr einem Jahr angefangen, und sie schüttelte
ungläubig den Kopf und sagte, sie hätte gedacht, min-
destens fünf. Zum Dank dafür verliebte ich mich in sie.
Den ganzen Abend verfolgte ich sie sehnsüchtig mit den
Augen. Sie tanzte ausgelassen mit ihrem Freund und
schmuste, wenn wir einen Blues spielten, innig mit ihm
herum. So ist das also, dachte ich, die einen machen die
Musik, die anderen küssen ihre Freundinnen. Beides
kann man nicht haben, nicht zur selben Zeit.

Das ganze Frühjahr und den Sommer hindurch zogen
wir von Party zu Party, in Privaträumen, Jugendzentren
oder Tennisclubs, manchmal spielten wir auch im großen Ballsaal eines Ausflugslokals in Blankenese. Kurz vor
zehn machten wir immer eine Pause, und Atom-Otto ver-
kündete mit rauer Stimme, alle, die noch keine achtzehn

wären, müssten jetzt leider das Lokal verlassen. Der Witz daran war, dass wir selbst noch keine achtzehn waren, ich sowieso nicht, ich war auch hier wieder der jüngste. Aber wenn eine Razzia gekommen wäre, hätte man uns wahrscheinlich unbehelligt gelassen. Kai und ich waren einmal in einem Jazzkeller am Dammtor gewesen, bei *Remter*, als die *Oimel Jazz Youngsters* gespielt hatten. Kurz nach zehn kamen vier Männer in hellen Mänteln herein, zwei von ihnen postierten sich am Ausgang, die anderen beiden gingen von Tisch zu Tisch und ließen sich die Ausweise zeigen. Kai und ich saßen gerade mit Klaus Meyer-Rogge zusammen, dem Banjospieler der Band, und ließen uns die Harmonien von *Memories of You* zeigen, und als er merkte, wie bleich wir wurden, sagte er nur, „keine Panik, Leute, geht einfach auf die Bühne, schnappt euch ein Instrument und tut so, als gehöret ihr zu uns." Wir kletterten auf das Podest, Kai nahm das Banjo, ich setzte mich ans Klavier, und dann versuchten wir so lange das Banjo zu stimmen und über irgendwelche musikalischen Probleme zu debattieren, bis die Männer mit den hellen Mänteln wieder draußen waren.

„Mensch, Alter, wir haben's geschafft", sagte Kai manchmal, wenn wir an der Elbe spazieren gingen oder wieder mal mit einer Schachtel Overstolz und einer Flasche Malaga ausgerüstet auf der Alster Tretboot fuhren. Manchmal trieben wir uns auch im Freihafen herum, tranken Bier, kauften den Seeleuten zollfreie Zigaretten ab und schmuggelten sie nach draußen. Einmal wurden wir erwischt, aber die Zöllner nahmen uns nur die Zigaretten ab und ließen uns laufen.

Das war der Tag, an dem Kai erzählte, dass er zum ersten Mal mit einer Frau geschlafen hätte. Er erzählte es nicht als heiligen Akt, sondern als komische Episode. Er hatte die Frau in einem Jazzclub kennengelernt und sie mit nach Hause genommen. Seine Mutter war auf Geschäftsreise gewesen. Ja, und dann hatten sie also miteinander geschlafen.

„Und?", fragte ich, und versuchte mir meinen Neid nicht anmerken zu lassen, „geht ihr jetzt miteinander?"

„Ach was", sagte Kai. „Es war schön, solange das Licht aus war, aber dann? Ich wusste gar nicht mehr, was ich mit ihr reden sollte."

Später, als ich vom S-Bahnhof Othmarschen durch die Großflottbeker Straße nach Hause ging, kam mir zu Bewusstsein, wie enttäuscht ich war. Ich hatte Kai immer gemocht. An diesem Tag mochte ich ihn nicht. Ich fand es herzlos, wie er über das Mädchen geredet hatte.

Ein paar Wochen später kam es zu einer weiteren Enttäuschung. Ich hatte Kai auf unsere Zukunft angesprochen, darauf, dass ich mir gar kein anderes Leben mehr vorstellen könnte, als mit einer Band von Kneipe zu Kneipe zu ziehen und später vielleicht von Konzertsaal zu Konzertsaal wie Chris Barber oder Ken Colyer.

Kai hörte sich das an und sagte dann mit ungewöhnlich harter Stimme: „Ach, hör doch auf mit dem Quatsch. Ich mache eine Banklehre, wenn ich mit der Schule fertig bin, ich will schließlich mal Geld verdienen, Jazzmusiker, das ist doch brotloser Kram, wenn du nicht gerade ein Genie bist wie Louis Armstrong oder Duke Ellington. Glaubst du, ich will mein halbes Leben als Hafenarbeiter verbringen wie George Lewis? Nein, Alter, auf Feten oder in Kneipen spielen ist gut, wenn man so jung ist wie wir, aber stell dir vor du bist Fünfzig und stehst immer noch in einer Kneipe und dudelst den *Wild Cat Blues*. Ist das etwa ein Leben?"

In den Sommerferien – ich fuhr wieder mit meiner Mutter an den Timmendorfer Strand – grübelte ich darüber nach, ob ich das Zeug zum Jazzmusiker hätte oder nicht. Ich meine, nicht zum Hobbymusiker, sondern zum Profi, der dazu *berufen* ist, sein Leben damit zu bestreiten. Ich wünschte mir, dass von irgendwoher eine Stimme käme und mir eine Antwort gäbe, aber die Stimme blieb stumm. In einer etwas anderen Form aber machte sie sich doch bemerkbar: Meine Träume von einem künftigen Jazzerleben verblassten mit der Zeit und verloren sich schließlich ganz. Was übrig blieb, war die Frage, was einmal aus mir werden sollte. Es gibt kein größeres Unglück, dachte ich manchmal, als nicht zu wissen, wohin man gehört. Womit ich nicht die Herkunft meinte, also die Familie, sondern das Lebensziel oder, um das Wort noch einmal zu wagen, *die Berufung*.

Hänschen Rilow

Nach den Sommerferien begannen die Proben für den dritten Akt. Ich hatte darin meine einzige größere Szene, zusammen mit Klaus Hansen, der das *Hänschen Rilow* spielte. Wir räkelten uns auf einem Podest, das die Spitze eines Weinbergs darstellen sollte, taten so, als stopften wir uns wechselseitig Weintrauben in den Mund, und philosophierten über das Leben. Hänschen Rilow sagte ein paarmal *Lass uns nicht traurig sein*, und Ernst, also ich, stellte sich vor, wie es wäre, Pfarrer zu sein. Die Szene lief – ich hatte das beim Lesen gar nicht bemerkt, es war mir jedenfalls nicht *plastisch vor Augen* gekommen – darauf hinaus, dass erst das Hänschen den Ernst, und dann der Ernst das Hänschen auf den Mund küsst. Und ich hatte den Satz zu sagen: *Ich liebe dich, Hänschen, wie ich nie eine Seele geliebt habe.*

„Pfui Teufel, die sind ja schwul!", platzte es aus Klaus Hansen heraus.

Ich wäre am liebsten vor Scham im Boden versunken. Das Wort war ein schlimmes Schimpfwort, und was es bezeichnete, war verboten und verpönt. Ich meine, es gab auch andere Sachen, die verboten waren, wie auf dem Schulhof zu rauchen, oder sich im Kino Filme anzusehen, die nur für Erwachsene freigegeben waren, aber das war nicht verpönt, eher im Gegenteil. Homosexualität aber war beides, verboten und verpönt. Was Homosexualität praktisch bedeutete, ahnte ich nur undeutlich. Klaus Hansen wusste es offenbar ziemlich genau, sonst hätte er dieses Wort nicht ausgesprochen. Bevor jedoch irgendjemand etwas äußern konnten, hörten wir aus der Tiefe des Raumes eine Stimme rufen: „Na, na, wir wollen doch hier nicht solche Ausdrücke gebrauchen."

Ich hatte nicht bemerkt, dass Dr. Ahrndt gekommen war, Klaus Hansen offenbar auch nicht, sonst wäre er jetzt nicht so rot geworden. Er fing an, Entschuldigungen zu stammeln, aber Dr. Ahrndt ging gar nicht weiter darauf ein. Er verließ seinen Platz in der letzten Reihe, setzte sich neben Johannes und begann leise mit ihm zu debattieren. Wir verstanden kein Wort, aber wir spürten die Spannung, die sich zwischen ihnen aufbaute. Plötzlich sprang Johannes auf und rief: „Nein! Das geht zu weit, das geht entschieden zu weit!"

„Es läuft immer wieder auf dasselbe hinaus", sagte Dr. Ahrndt nun auch etwas lauter, „Sie wollen den Skandal – ich will ihn vermeiden."

„Ich will ihn nicht!", rief Johannes, „ich will ihn jedenfalls nicht provozieren, aber ich will ihm auch nicht aus dem Wege gehen, nicht um jeden Preis. Kunst darf nicht feige sein. Kunst kommt von Können, ja, aber auch von Mut haben und Grenzen überschreiten!"

„Interessante Etymologie", sagte Dr. Ahrndt und zeigte seine Hamsterzähne.

Es war, wie wir jetzt erfuhren, so, dass Dr. Ahrndt den Kuss und auch Ernst Röbels Liebeserklärung an Hänschen Rilow streichen wollte. Gegen diese, wie er immer wieder sagte, Vergewaltigung des Stückes, wehrte Johannes sich mit Händen und Füßen. Alles wolle man ihm nehmen! rief er aus. Erst die Szene, in der Wendla sich von Melchior auspeitschen lasse, dann die Szene, in der Hänschen Rilow sich im Klo einschließe und onaniere, und nun auch noch diese. Und das siebzig Jahre, nachdem das Stück geschrieben worden sei! Das sei pervers. Morde und Gewalttaten dürfe man auf die Bühne bringen – er sage nur *Richard der Dritte* oder *Die Räuber* – , aber ein unschuldiger Kuss zwischen zwei Gymnasiasten falle der Zensur zum Opfer. Mit was für einer Begründung denn wohl bitteschön?

Es werde einen Skandal geben, wiederholte Dr. Ahrndt. Und den wolle er nicht.

Er selbst hatte offenbar nichts gegen diese Szene, er nickte sogar, als Johannes anfing gegen den *Schandparagraphen 175* zu wettern und sich darüber zu empören dass die Nazis Tausende von Homosexuellen ins KZ gesteckt, enteignet, gedemütigt und umgebracht hätten.

„Sie haben ja Recht", sagte Dr. Ahrndt, „ich bin ganz Ihrer Ansicht, aber deswegen dulde ich noch lange keinen Skandal. Eine offen homosexuelle Szene auf der Bühne gibt einen Skandal, das wissen wir doch beide."

Aber gerade das – dass er den Zensor eigentlich auf seiner Seite wusste –, machte es Johannes noch schwerer, die Zensur zu akzeptieren. Die Mauer zwischen ihm und Dr. Ahrndt war so dünn, dass er nicht aufhören konnte, gegen sie anzurennen. Sie bestand ja nicht einmal aus Argumenten, sondern nur aus dem einen, wie Johannes immer wieder betonte, *kunstfeindlichen* Satz: Ich will keinen Skandal.

Dr. Ahrndt stand ruhig und gelassen da und hielt dem furchtbarsten aller Verdammungsurteile stand. Bis Johannes schließlich Dr. Ahrndt mit einem wimmernd-wütenden Verzweiflungslaut den Rücken kehrte und zur Saaltür rannte, dann aber auf halbem Wege innehielt, sich umdrehte und ausrief: „Ich kann es nicht! Ich kann nicht arbeiten, wenn ich die Kunst verraten muss, ich höre auf, ich lege hiermit die Regie nieder, ich werfe Sie Ihnen zu Füßen, mein Herr, unwiderruflich, ein für alle Mal!"

Und damit verließ er die Aula.

Ich hätte in diesem Moment jede Wette angenommen, dass unsere Aufführung damit gestorben war. Johannes konnte nicht mehr zurück. Auf keinen Fall. Nicht, ohne für immer sein Gesicht zu verlieren.

Dr. Ahrndt schien die Sache nicht so ernst zu nehmen. Er zuckte mit den Achseln, lächelte vieldeutig und sagte: „Dass diese Künstler immer alles so dramatisieren müssen", wobei er das Wort Künstler aussprach, als sei es ein Synonym für Kinder, und als wollte er sagen: Der kommt schon wieder, keine Sorge.

Und tatsächlich: Gerade als wir angefangen hatten, ohne ihn zu proben, öffnete sich eine der großen Doppeltüren des Saales, und Johannes kam hocherhobenen Hauptes in die Aula zurück. „Sie, mein Herr", sagte er in einem gespielt formellen und komisch übertriebenen Ton, „sind der Theaterdirektor, Sie haben das letzte Wort.

Ich bin nicht überzeugt, durchaus nicht, aber ich gebe mich geschlagen, ich beuge mich der Macht. Nur eines sollten Sie nicht vergessen: Sie tragen die Verantwortung für die Verstümmelung des Textes. Sie werden diese Missetat dereinst zu verantworten haben – vor dem Olymp!"

Er sagte das mit einem solchen Pathos, dass alle lachen mussten, auch Dr. Ahrndt, und indem er seine Rückkehr in dieser Weise als Komödie inszenierte, erschien im Nachhinein auch sein Abgang als bloßes Spiel, so dass er wunderbarer Weise doch nicht sein Gesicht verlor.

Dr. Ahrndt sagte lakonisch: „D'accord, ich übernehme die Verantwortung vor dem Olymp" – und Johannes übernahm wieder die Regie.

Eine im Vergleich zu dieser Situation sehr friedliche Auseinandersetzung gab es nur noch, als die letzte Szene geprobt wurde, die Szene auf dem Friedhof, wo der tote Moritz seinen Kopf unter dem Arm trägt und den verzweifelten Melchior dazu bringen will, ebenfalls Selbstmord zu begehen. Ich hatte mich von Johannes dazu überreden lassen, dem Geist von Moritz meinen Körper zu leihen. Man konnte von Peter Pasing ja schlecht verlangen, dass er seinen eigenen Kopf unter dem Arm trüge, daher saß ich mit einem schwarzen Umhang, der meinen Kopf verdeckte, auf einem Holzklotz, der den Grabstein bedeutete, und Pee-Pee steckte seinen Kopf in meine Armbeuge, so dass es bei entsprechender Beleuchtung so aussah, als trüge er tatsächlich seinen Kopf unter dem Arm. Den *vermummten Herrn*, der in dieser Szene auftritt und Melchior zum Weiterleben ermutigt, spielte Johannes selbst, so dass er zu guter Letzt beides war, Regisseur und Schauspieler. Weil er aber nicht zugleich hier und dort sein konnte, oben auf der Bühne und unten im Zuschauerraum, übernahm Dr. Ahrndt für diese Szene die Regie. Anders als Johannes spielte er niemals etwas vor, sondern erklärte nur, wie er es haben wollte. Einmal sagte er in einem Tonfall, als wären sich alle darüber einig, der vermummte Herr sei ja das Leben, und ...

„Nein", unterbrach Johannes, „nicht das Leben – der Geist!"

„Wie denn das?", fragte Dr. Ahrndt verwundert. „Er will Melchior doch vor dem Selbstmord bewahren. Er will ihn auf seine Seite ziehen. Auf die Seite des Lebens."

„Ja, schon", erwiderte Johannes, „aber wenn er das Leben wäre, dann hätte der Dichter eine vermummte Dame auftreten lassen. Es ist aber ein vermummter Herr. Und dieser Herr ist selbstverständlich der Geist. Und zwar der Geist, der mit einer, zugegeben, nicht leicht verständlichen Selbstlosigkeit das Leben liebt."

„Aber das ist ja", rief ich aus, der Gedanke kam mir in diesem Augenblick wie eine Erleuchtung, „das ist ja wie bei Tonio Kröger!"

Und ich glaube, in diesem Augenblick dachten wir alle drei, Johannes, Dr. Ahrndt und ich, dasselbe: Der bornierte Koloss liest *Tonio Kröger*. Und ich war Johannes unendlich dankbar dafür, dass er mir ein paar Wochen zuvor das dünne, graublaue Heft mit der Novelle von Thomas Mann in die Hand gedrückt hatte.

Dr. Ahrndt und Johannes stritten noch eine Weile darüber, ob der vermummte Herr nun der Geist oder das Leben sei, der Geist, der das Leben liebt, oder das Leben, das sich selber liebt, aber da das eine Argument so gut war wie das andere, und keiner auch nur einen Millimeter Boden preisgeben wollte, beendete Dr. Ahrndt die Diskussion mit den Worten: „Genug, es reicht, wir müssen uns nicht einigen. Sie spielen den vermummten Herrn und denken, er sei der Geist, ich schaue mir das an und denke, er ist das Leben, und wir beide freuen uns über die Vieldeutigkeit der Kunst. Ist das nicht gerade das Faszinierende, dass sie sich nicht auf den Begriff bringen lässt?"

Premiere

Die Premiere war Mitte November, und die Aufführung wurde ein überragender Erfolg. Schon zur Pause wollte der Applaus kaum enden, und am Schluss gab es reichlich Bravorufe für den Moritz und den Melchior und ganz besonders für den vermummten Herrn, der ja, wie alle wussten, auch der Regisseur war. Johannes stand mit leicht zur Seite geneigtem Kopf auf der Bühne und nahm den Beifall bescheiden entgegen, breitete dann seine Arme aus und forderte das Ensemble auf, sich um ihn herum zu gruppieren. Und alle waren wir überrascht und überwältigt vom Ausmaß des Erfolges. So etwas hatte es in dieser Aula noch nicht gegeben.

Nur einer schien nichts anderes erwartet zu haben: Dr. Ahrndt. Er ging, nachdem der letzte Vorhang gefallen war, auf Johannes zu, reichte ihm die Hand und sagte laut genug, dass alle Umstehenden es hören konnten: „Sie haben großartige Arbeit geleistet, Herr Ronneburger. Ich gratuliere Ihnen. Chapeau."

Draußen im Foyer warteten die Eltern, Freunde und Bekannten der Darsteller. Auch meine Eltern waren da. Mein Vater war total begeistert. „Dieser Ronneburger!", rief er immer wieder, „dieser Ronneburger! Was für ein Talent! Der Mann ist ja ein Genie! Der wird noch mal ganz groß. Ganz groß!"

Dass dieser Ronneburger ein Kommunist und ein fauler Apfel war, hatte er inzwischen offenbar vergessen.

„Aber du warst auch gut, mein Kleiner", sagte meine Mutter, und gleich darauf kam Dr. Ahrndt zu uns, begrüßte meine Eltern und sagte, bevor er weiterging, mit einem Augenzwinkern: „Gut gemacht, Ben."

Dann löste sich die lachende, schwatzende und durcheinanderrufende Gesellschaft auf. Die einen gingen nach Hause, die anderen zur Premierenfeier.

Ich hatte meine Jacke hinter der Bühne vergessen und musste noch einmal zurück. Es war fast dunkel in der Aula, Scheinwerfer und Saallicht waren ausgeschaltet, nur eine Notbeleuchtung brannte, so dass ich darauf warten musste, dass meine Augen sich an das bläulich-schummerige Licht gewöhnten. Als ich so dastand, hörte ich vom anderen Ende der Bühne her ein unterdrücktes Lachen, so kam es mir vor. Ich wunderte mich darüber, wer noch hier sein mochte, und ging dem sonderbaren Lachen nach, das aber, je näher ich kam, seinen Klang – oder nein, nicht den Klang, seine *Bedeutung* – änderte und sich mehr und mehr wie ein Schluchzen anhörte. Ja, tatsächlich, es war ein Schluchzen, und nun sah ich auch die Gestalt desjenigen, von dem es ausging, die Gestalt eines großen, schlanken Mannes mit nach hinten gekämmten Haaren. Er saß auf einem Stuhl, hielt die Hände vors Gesicht und seine Schultern zuckten auf und ab.

„Was ist?", fragte ich leise, wie um den Zauber dieses Schluchzens nicht zu stören, „was ist denn, was ist denn los?"

Das Schluchzen verstärkte sich. Ich trat von hinten an Johannes heran, legte die Hände auf seine von Krämpfen geschüttelten Schultern und flüsterte noch einmal: „Was ist denn los?"

Die Schultern zuckten nur noch heftiger. Ich versuchte sie zu beruhigen, indem ich sie ein wenig streichelte, sie leicht massierte und wieder streichelte. Aber anstatt sich dadurch zu beruhigen, schluchzte Johannes noch heftiger. Oder spielte er mir nur etwas vor? Man musste bei Johannes ja immer auf der Hut sein, man wusste nie genau, ob das, was er ausdrückte, gespielt war oder nicht. Und wirklich, noch während mir dieser Gedanke durch den Kopf schoss, hörte ich, wie Johannes im Schluchzen stammelte: „Al-les-nur-Tech-nik-al-les-nur-Tech-nik."

Ich kannte diesen Satz. Johannes hatte mir erzählt, dass der legendäre Schauspieler Heinrich George, während er einmal auf der Bühne einen Nervenzusammenbruch spielte, diese Worte in sein Schluchzen eingeflochten hatte, um den Kollegen, die es nicht hatten glauben wollen, zu zeigen: So echt es auch aussehen mag, liebe Kollegen, es ist gespielt, es ist alles nur gespielt!

Und das Schluchzen von Johannes? War es auch nur gespielt? Aber warum hatte er schon geweint, als ich noch nicht da war? Man setzt sich doch nicht einfach hinter die Bühne und schluchzt sich selber etwas vor, ohne Publikum!

Johannes hörte jetzt auf. Er ergriff meine Hand, die immer noch oben auf seiner Schulter ruhte, und fragte: Hast du mich gesucht?

„Ja", gab ich zur Antwort. Ich hatte meine Jacke gesucht, aber das mochte ich jetzt nicht sagen. Ich wollte ihn nicht enttäuschen, nicht in diesem Moment, in dem er einen so großen Triumph gefeiert, und in dem auch ich für meine kleine bescheidene Rolle das eine oder andere Lob bekommen hatte. „Was hast du denn?", fragte ich nur noch einmal. „Wir wollen doch feiern. Was ist denn los?"

„Ach nichts", sagte Johannes, und seine Traurigkeit war mit einem Male verflogen, „die Nerven, die Aufregung, das Lampenfieber, die große Anspannung, der Erfolg

– das musste sich einfach mal lösen. Komm, lass uns gehen. Jetzt ist alles gut."

Er nahm meine Hand und zog mich – auf einmal beinahe übermütig – hinter sich her. So gingen wir zurück ins Foyer, wo sich die Darsteller zum Aufbruch in den *Othmarschner Hof* sammelten, in dem die Premierenfeier stattfinden sollte. Es bildete sich sofort ein Kreis von Gratulanten um Johannes herum, der mit bescheidener Miene das überschwängliche Lob entgegennahm, und so konnte ich unbemerkt noch einmal in die Aula zurückkehren und meine Jacke holen.

Höhenflüge

„Wollen wir nicht mal zusammen ins Kino gehen?", fragte Johannes am Tag nach der Premiere.

„Ja", sagte ich. „Ich hatte auch schon daran gedacht."

„Aber?"

„Nein, kein Aber."

Ich wollte nicht sagen, dass ich mich nicht getraut hatte, ihn zu fragen. Dabei wäre ich gern manchmal mitgegangen, schon früher, vor Beginn der Proben, wenn Johannes zusammen mit Klaus Hansen und Harald Wohmann (der übrigens aussah wie Alain Delon) ins *Liliencrontheater* ging oder ins *Streit's* am Jungfernstieg, in dem die großen Erstaufführungen stattfanden. Wenn sie tags darauf über die Filme fachsimpelten, über *Ladykillers* oder *Die Ferien des Monsieur Hulot*, *Wir Wunderkinder* oder *Der Glöckner von Notre Dame*, dann beneidete ich sie immer um ihre Begeisterung. Ich selbst ging immer nur allein ins Kino, genoss es, im Dunkeln zu sitzen, am Leben der Helden teilzuhaben und mich in die

Hauptdarstellerin zu verlieben, hatte aber niemals das Bedürfnis, anderen davon zu erzählen, und wenn ich es doch einmal versuchte, dann hörten sie mir gar nicht zu, weil ich nicht mit einer so ansteckenden Begeisterung und auch nicht so viel Kenntnis davon erzählen konnte wie Johannes oder Kai.

Übrigens war die Beziehung zu Kai ein bisschen abgekühlt. Wir waren zwar noch immer Freunde und sahen uns jeden Samstag bei unseren Proben und neuerdings auch Mittwochabends, weil wir jetzt regelmäßig in einem Jazzkeller in Altona spielten, aber darüber hinaus trafen wir uns kaum noch. Vielleicht war die Aufführung von *Frühlings Erwachen* daran schuld, in der Kai nicht mitgespielt hatte, aber der Hauptgrund war, dass Kai jetzt eine feste Freundin hatte und seine Zeit lieber mit ihr verbrachte. Sie hieß Monika und wurde *Monchen* genannt. Ich mochte sie. Sie hatte pechschwarze Haare, war viel kleiner als Kai und ungeheuer kernig. Sie hielt, so kam es mir vor, Kai spöttisch auf Distanz, wahrscheinlich, weil sie schnell begriffen hatte, dass er auf andere Weise nicht zu halten war. Zwei- oder dreimal kam sie mittwochs mit in den Jazzkeller, und Kai versuchte in den Pausen mit ihr herum zu schmusen, aber sie ließ es nicht zu, wofür ich ihr unendlich dankbar war. Aber zurück zu Johannes.

Dass er jetzt mit mir ins Kino gehen wollte, schmeichelte mir. Seit der Premiere war er der Star der ganzen Schule, alle schienen ihn zu bewundern (von Kai natürlich abgesehen), und wenn ich nun mit ihm zusammen gesehen wurde, dann, so dachte ich wohl, fällt etwas von dem Glanz, der ihn umgibt, für mich ab. (Ich kannte damals noch nicht die Maxime des Freiherrn von Knigge: *Sei lieber das kleinste Lämpchen, das einen dunklen Winkel mit eigenem Licht erleuchtet, als ein großer Mond einer fremden Sonne oder gar Trabant eines Planeten.*) Ich war aber nicht nur voller Bewunderung für Johannes, sondern auch neugierig. Ich wollte hinter sein Geheimnis kommen. Woher hatte er diese Fähigkeit, sich in andere Menschen hineinzuversetzen? Woher hatte er seine Einfälle? Woher das künstlerische Talent? War das angeboren? Konnte man das erwerben?

„In welchen Film wolltest du denn?", fragte ich.

„Im *Liliencron* läuft *Tanz auf dem Vulkan*", sagte Johannes, „mit Gründgens."

Ich mochte das *Liliencrontheater* nicht besonders. Meist liefen dort Filme von einem Verleih mit Namen *Neue Filmkunst von Walter Kirchner,* und die Ankündigung dieses Verleihs – ein Strichgesicht wurde auf die Leinwand gezeichnet, und dabei ertönte eine abstrakt klingende Xylophonmusik – erregte in mir einen solchen Widerwillen, dass ich kaum noch Lust auf den Film verspürte, ganz anders, als wenn ich den MGM-Löwen brüllen hörte oder den muskulösen Mann sah, der für die Filme der *Rank Organisation* den Gong schlug. Aber – *Neue Filmkunst* hin oder her – der *Tanz auf dem Vulkan* war atemberaubend. Gustaf Gründgens spielte einen Schauspieler mit Namen Debureau, der im Paris der Mitte des 19. Jahrhunderts ein gefeierter Star ist. Er unterstützt zunächst den Bürgerkönig Louis Philippe, ist dann von diesem enttäuscht, und stellt sich auf die Seite der Revolution. Es gab eine berührend poetische Szene, in der Debureau am Fenster einer Pariser Mansardenwohnung steht, über die Dächer der Häuser schaut und seine Liebe zu dieser Stadt zum Ausdruck bringt: *Eine Hölle – ein Paradies – Paris!* Und begeisternd war auch das Chanson, das er mit so viel Erfolg auf der Bühne sang, und später von dem hölzernen Leiterwagen herab, der ihn durch die Menge hindurch zum Schafott brachte: *Die Nacht ist nicht allein zum Schlafen da, die Nacht ist da, dass was gescheh' – ein Schiff ist nicht nur für den Hafen da, es muss hinaus, hinaus auf hohe See ...*

„Wahnsinn!", sagte ich, als wir aus dem Kino kamen.

Aber Johannes reagierte nicht. Schweigend ging er neben mir her, die Beseler Straße hinunter zum Othmarschner Bahnhof. Was war los mit ihm? Hatte ich irgend etwas gesagt oder getan, das ihn verletzt oder beleidigt hatte?

„Nein, nichts", sagte Johannes, als ich ihn danach fragte, „es ist nur – Man möchte niederknien! Man möchte ihn anbeten! Man möchte niemals wieder selber etwas Derartiges versuchen! Es ist zu groß! Es ist genial! Aber es erschlägt einen. Man möchte beinahe nicht mehr weiterleben!"

Komisch, dachte ich, ich fand es ja auch toll, aber weswegen sollte ich deswegen nicht mehr weiterleben? Im Gegenteil! Ich schaue es mir lieber noch einmal an! Aber das wagte ich nicht zu sagen. Ich war wahrscheinlich zu profan, zu gewöhnlich, und hatte keinen Sinn oder nicht das Sensorium für die Heiligkeit der Kunst. Aber zugleich rief Johannes' Ergriffenheit einen leichten Widerwillen in mir hervor. Ich fand seine Reaktion übertrieben oder aufgesetzt oder nicht ganz echt, sie hatte in meinen Augen etwas Demonstratives. Er demonstrierte mir nicht nur, wie sehr das Genie Gustaf Gründgens ihn gleichsam vor Bewunderung auf die Knie zwang, sondern auch, dass er, Johannes, so viel empfindsamer und empfänglicher für die Kunst war, als ich.

Normalerweise aber war Johannes heiter und angeregt, wenn wir aus dem Kino kamen. Als wir *Rio Bravo* gesehen hatten (es war mein Vorschlag gewesen), machte er ein paar anerkennende Bemerkungen über Dean Martin. Das hätte er dem gar nicht zugetraut, sagte er, dass er diesen Säufer so überzeugend darstellt. Er habe Dean Martin bisher bloß für einen Schnulzensänger gehalten, für einen *crooner*, aber dass er auch ein guter Schauspieler sei, habe ihn überrascht. Natürlich sei er kein Genie, aber doch ein guter Schauspieler, alle Achtung. Übrigens sei er auch gut synchronisiert gewesen – und als ich Johannes fragte, wie man das eigentlich macht, synchronisieren, erklärte er mir bis in alle Einzelheiten, wie eine Synchronisation zustande kam, und ich hörte aufmerksam zu und versuchte, alles zu verstehen und zu behalten.

Es war tatsächlich immer aufregend, von Johannes zu lernen. Wenn er mit mir ins Konzert ging, dann lernte ich von ihm, welche Instrumente dort spielten, wie eine Symphonie aufgebaut oder was der Sonatenhauptsatz war. Im Museum erklärte er mir, welches die Primärfarben waren und zeichnete mir das Delacroixsche Farbdreieck auf die Eintrittskarte; dann wieder erzählte er mir von der Beziehung von Van Gogh und Gaugin oder ein andermal davon, was die Nationalsozialisten unter *entarteter Kunst* verstanden hatten. Aber am Schönsten war es aber doch, mit ihm ins Kino zu gehen. Wenn sich zum Beispiel im Film zwei Menschen küssten und dann ein Zug durch einen Tunnel fuhr, dann erklärte mir Johannes die Symbolik, und wir lachten darüber, weil wir das Gefühl hatten, alles zu durchschauen. Er konnte überhaupt begeisternd lachen, so ansteckend, dass ich immer mitlachen musste, auch wenn ich nicht in jedem Falle hätte sagen können, worüber. Wenn ich mit ihm zusammen war, fühlte ich mich gehoben und aus meinem alltäglichen *Ich-bin-doch-nur-ich*-Gefühl herausgetragen in ein Zauberland der Kunstfreiheit und der Erkenntnis.

Doch dann kamen wieder die Momente, in denen Johannes mir unheimlich wurde. Als wir den Film *M – eine Stadt sucht einen Mörder* gesehen hatten, war er wieder so stumm und in sich gekehrt wie damals nach dem *Tanz auf dem Vulkan*, und erst nachdem ich lange darauf beharrt hatte, erklärte er mir stammelnd, es sei so großartig gewesen, so unglaublich, er könne es kaum fassen. „Ach so", sagte ich, „du meinst Peter Lorre", und er sagte, „ja ja, der auch, aber Gründgens, Gründgens!" Das sei einer, bei dem Leben und Spiel, Privatleben und Bühnenrolle nicht mehr zu trennen seien, einer der dazu *verdammt* sei zu spielen, zu jeder Zeit, an jedem Ort. Wie einsam müsse der sein! Wie unverstanden! Aber natürlich, wie und von wem sollte das Genie denn auch verstanden werden, wenn alle anderen in seinem Umkreis bloß *Normalmenschen* wären?

In solchen Augenblicken kam mir wieder die unüberbrückbare Kluft zwischen Johannes und mir zu Bewusstsein. Johannes war ja auch so ein Genie, dazu verdammt zu spielen, zu jeder Zeit, an jedem Ort, ich dagegen würde niemals verstehen können, wie es um ihn stand, niemals, weil ich, was immer ich auch dachte, fühlte oder tat, nur ein Normalmensch war und immer bleiben würde.

INTERCITY-INTERMEZZO

Wir hatten inzwischen Erfurt hinter uns gelassen und bewegten uns auf Nürnberg zu. Orte, die lebhafte Erinnerungen in mir wachriefen, die aber nichts mit dieser Geschichte zu tun haben. Ich fragte mich, was ich mir vor dreißig Jahren, als ich das Manuskript über die Begegnung mit Johannes schrieb, davon erwartet hatte. Befreiung? Erlösung?

Inzwischen weiß ich, dass es eine lebenslange Kränkung war, mit der ich zu kämpfen hatte, ein Stigma, das ich nicht loswurde, bis heute nicht. Ich habe selten darüber gesprochen, und wenn, dann immer nur in Andeutungen. Es wäre auch nicht leicht gewesen, mich verständlich zu machen. Wenn ich von einem Familienkonflikt erzählte, meiner Beziehung zu Vater, Mutter, Bruder, Schwester – das verstand jeder, wenn auch ein jeglicher auf seine Art. Aber wer kennt schon die Erfahrung, als Jugendlicher so vollkommen unter den Einfluss eines anderen zu geraten, seines Denksystems, seiner Weltsicht, seiner Zuschreibungen, die er, ob er will oder nicht, ein Leben lang mit sich herumträgt? (Die grausamste Zuschreibung war, dass ich ein unbarmherziger, liebloser Mensch sei, doch dazu später)

Da hast du dir aber etwas von der Seele geschrieben, sagten meine Freunde immer, wenn sie einen autobiographischen Text von mir gelesen hatten. Ich habe mich immer dagegen gewehrt und behauptet, es sei mir einzig und allein um das Verfassen eines *literarischen Textes* gegangen, aber warum zum Teufel sollte man einen auto-biographischen Roman schreiben, wenn es einem *nicht* darum geht, sich etwas von der Seele zu schreiben?

Ja, ich wollte mich von etwas befreien, als ich mit der Erzählung über die Begegnung mit Johannes begann, und das, wovon ich mich befreien wollte, war die *Prägung* durch Johannes und seine Zuschreibungen, die in meiner Seele fortwirkten. Ich wollte endlich für immer frei-gelassen werden wie Ariel, nachdem Prospero sein Werk vollendet hat. Natürlich war ich kein so luftiger Geist wie Ariel, aber der Vergleich gefällt mir trotzdem, weil ich damals zusammen mit Johannes im Hamburger Schau-spielhaus Shakespeares *Sturm* gesehen habe, mit Gustaf Gründgens als Prospero.

(Immer wieder Gründgens: Später, an der Universität, lernte ich Erasmus kennen, der, wie sich herausstellte, dasselbe Gymnasium besucht hatte wie Johannes und ich und sogar unsere Aufführung von *Frühlings Erwachen* gesehen hatte. Das große Idol von Erasmus war ebenfalls Gustaf Gründgens. Er hatte unter seiner Regie sogar ein-mal einen Bühnenauftritt gehabt.)

Aber noch einmal zurück zu den Zuschreibungen, von denen ich mich befreien wollte. Von Thomas Manns No-velle *Tonio Kröger* war schon die Rede, auch davon, dass es Johannes war, der sie mir zu lesen gab. Tonio Kröger, Sohn einer südländischen Mutter und eines Lübecker Kaufmanns, ist ein feinfühliger, zarter, hellsichtiger Junge, dessen Bestimmung es ist, ein Dichter zu werden. Hans Hansen, der Schulfreund, den Tonio liebt, ist blond, blauäugig und liest Pferdebücher. Auch wenn Johannes es niemals aussprach (ich bin nicht sicher, ob er es nicht doch ausgesprochen hat), war *Tonio Kröger,* womit ich die Novelle meine, für ihn das Paradigma für sein Verhältnis zu mir. Er sah sich als Tonio Kröger und mich als Hans Hansen, und indem ich mich gegen diese Zuschreibung wehrte, erlag ich ihrer Suggestion. Ich war ein Hans Hansen, der dagegen rebellierte, einer zu sein. Ich hatte, wie ich mir oft sagte, weder ein Pferdebuch besessen noch mich jemals für Pferde interessiert. Aber es war für Johannes ein Leichtes, die Pferde und die Pferdebücher zu ersetzen. In seinen Augen war der Jazz das Äquivalent dafür, und so gelang es mir niemals ganz, mich aus der Rolle des Hans Hansen zu befreien. Als ich meine erste Kurzgeschichte veröffentlichte, wählte ich *Hans Hansen* als Pseudonym, und der Zufall wollte es, dass der Verleger, der die Kurzgeschichte veröffentlichte, den Namen *Anton Kröger* als sein Pseudonym gewählt hatte.

DAS MANUSKRIPT (FORTS.)

Die Entscheidung

Ich ging nun häufiger mit Johannes ins Theater, ins Kino oder auch zu Vorträgen über Kunst und Wissenschaft, und immer war es so, dass ich mich durch die Gespräche mit ihm gehoben und geradezu erleuchtet fühlte. Ich verstand wenig, aber ich ahnte viel, und das allein schon war ein großes Glück.

Aber das Glück war nicht ungetrübt. Es kam vor, dass Johannes für den Mittwochabend Theaterkarten hatte und mich fragte, ob ich nicht Lust hätte, ihn zu begleiten.

Doch, sagte ich, aber es ginge leider nicht, wir hätten am Mittwochabend unseren Auftritt im Jazzkeller, das sei ein fester Termin.

Trotzdem kam Johannes immer wieder mit Vorschlägen oder Einladungen für den Mittwochabend oder für den Samstagnachmittag, an dem, wie er wusste, unsere Band ihren festen Probentermin hatte. Es fiel ihm offenbar schwer, sich damit abzufinden. Musst du denn wirklich jeden Mittwoch zu diesem Jazz? fragte er. Oder: Lass doch die anderen ruhig mal ohne dich spielen, es kommt doch gar nicht so darauf an.

Ich lachte dann und sagte, er wisse ja so gut wie alles, aber vom Jazz habe er nun wirklich keine Ahnung. Die Band könne doch nicht einfach ohne Klarinettisten auftreten, das wäre ja beinahe so, als hätte ich vor der

Premiere von *Frühlings Erwachen* gesagt, sie sollten ruhig ohne mich spielen, es käme doch gar nicht so darauf an.

Johannes sah das ein oder tat wenigstens so als ob, aber ich hatte zunehmend den Eindruck, ich müsste mich dafür rechtfertigen, dass ich überhaupt in einer Jazzband spielte.

Der Jazz sei doch gar keine richtige Musik, sagte er auf einem Spaziergang um die Binnenalster (wir waren mal wieder *in der Vegetarischen* gewesen), jedenfalls sei Jazz keine *Kunst.*

„Wieso?", fragte ich. „Wieso ist er keine Kunst?"

„Weil er nicht dem Geist dient, sondern dem Leben." Kunst aber, so Johannes weiter, führe den Menschen über das Leben hinaus. Kunst sei imstande, ihn vom ewigen Wollen und Streben, vom qualvollen Hin und Her zwischen Lust und Schmerz auf der einen und tödlicher Langeweile auf der anderen Seite zu erlösen, Kunst führe hinauf zum Geist, das nenne man die *anagogische Funktion* der Kunst, von der schon die Neuplatoniker gesprochen hätten. Nur der Künstler und möglicherweise auch noch der Heilige, sei ein wahrer Mensch, der über das rastlose Treiben des blinden Willens hinausgelangen könne und die Gabe besitze, auch andere darüber hinaus zu führen. Auch die Musik habe die Möglichkeit, den Menschen zu erlösen, weil sie die reine, gegenstandslose Darstellung des Willens sei, aber das gelte eben nur für die Musik als Kunst – nicht für ein bloß dem Lustprinzip folgendes und dieses Lustprinzip perpetuierendes Getute und Geblase, Getrommle und Gezupfe wie der Jazz. Allein dass der Akzent hier auf den schlechten Taktteilen liege, sei doch Symptom genug! Da habe sich der Neger ja wirklich etwas ausgedacht! Aber *gedacht* habe er wohl gerade nicht, sonst wäre er nicht darauf gekommen, den monotonen Reiz, die ständige Gleichheit des Rhythmus zum musikalischen Prinzip zu erheben! Jazzmusiker seien doch im Grunde Leierkastenmänner, die immer nur dieselbe Leier abspulten, Chorus für Chorus, round and round and round and round, und doch klopfe ausgerechnet der Jazz sich selber dafür auf die Schulter, dass er spontan und ursprünglich sei, frei und individualistisch. Was für ein Widerspruch! Das Ursprüngliche sei ja wohl gerade nicht individualistisch, niemals gewesen, der Stammesmensch kenne kein Individuum, der Individualismus sei ja überhaupt erst eine späte Errungenschaft der Menschheit, insofern seien Ursprünglichkeit und Individualismus geradezu die größten Gegensätze! Aber das kümmere natürlich weder den Jazz noch seine fanatischen Anhänger, die *Fans*.

Das sei doch alles Theorie, sagte ich und bemerkte mit einigem Unbehagen, dass ich gerade den Standardsatz meines Vaters ausgesprochen hatte, aber nun war es eben so. Wenn man sich die Wirklichkeit ansehe, sagte ich, dann erkenne man doch sofort, dass der Jazz Ausdruck des Freiheitswillens und der Freiheit sei, Freiheit der Schwarzen in Amerika, die noch immer unter der Rassentrennung zu leiden hätten, Freiheit auch bei uns, da die Nazis den Jazz verboten hätten, und zugleich sei der Jazz Ausdruck einer Kultur des Existentialismus, eines Denkens, das den Einzelnen als verantwortlich für seine Handlungen sehe, weswegen Sisyphos ja auch immer wieder den Stein heraufwälzte, anstatt ihn einfach unten liegen zu lassen und sich auf die faule Haut zu legen. Das sei seine Freiheit, und so frei sei auch der Jazz.

Freiheit? sagte Johannes und lachte. Was denn wohl frei sei an einer Musik, die nicht einmal imstande sei, den Takt zu wechseln, sondern immer wieder dasselbe

Schema wiederhole, mal über zwölf, mal über sechzehn, mal über zweiunddreißig Takte hinweg?

„Die Improvisation ist frei", sagte ich. „In der klassischen Musik spielt man doch nur nach Noten! Aber der Jazz entsteht durch freie Improvisation, in jedem Augenblick neu!"

„Die Improvisation ist frei?", sagte Johannes, da könne er nur wieder lachen! Gebunden sei sie, gebunden an ein armseliges Schema von Harmonien und an das monotone Choruswiederholungsritual. Im Übrigen seien Bach, Mozart, Beethoven oder Liszt großartige Improvisationskünstler gewesen, nur eben auf geistiger Höhe! Nein, es gebe kaum eine Musik, die so gebetsmühlenartig sich im Kreise ihres Schemas drehe wie der Jazz, besonders in seinen frühen Formen wie New Orleans, Dixieland, Chicago Style und Swing. Das sei doch Fließbandware, radiogerecht produziert, und ihre vermeintliche Freiheit und Ursprünglichkeit beruhe auf bloßer Reklame-Illusion. Jawohl, das sei sogar das eigentlich Fatale und Gefährliche an dieser kunstfeindlichen Pseudo-Musik, dass sie den Freiheitsimpuls der Jugend, der doch der Möglichkeit nach zur Abkehr von der bürgerlichen Gesellschaft führe, auffange, kanalisiere und ablenke! Dass sie den Anschein erwecke, als sei sie Auflehnung und echte Entgegensetzung, obwohl sie doch in Wirklichkeit nur Anpassung betreibe, Anpassung an die bürgerliche Welt! Da wähle einer in seinen Jugendjahren, in denen sich sein Leben entscheide, den Jazz als Ausdrucksform, und schwuppdiwupp sei er auf einmal Bankangestellter oder Versicherungsvertreter, und daran könne man sehen, was es mit dieser ach so rebellischen Musik auf sich habe! Nein, der Jazz sei alles andere als freiheitlich, und wer den Weg des Geistes gehen wolle, der müsse sich beizeiten gegen ihn entscheiden, denn eines sei klar: „Man kann nicht alles haben, den Geist *und* den Jazz, die Kunst *und* das Leben, die Freiheit *und* das Lustprinzip!"

So Johannes damals.

Ich brauchte eine Weile, um zu begreifen, dass diese Rede nicht nur theoretische, sondern auch ganz praktische Bedeutung hatte und haben sollte, dass sie eine Verhaltensänderung verlangte, eine andere Einstellung, ein anderes Leben – und zwar von mir. *Man kann nicht alles haben*, der Satz saß fest, verstörte und beunruhigte mich. Ich sah ein, dass ich tatsächlich alles haben wollte, die Jazzband mit Kai *und* die Höhenflüge mit Johannes, ich wollte beides, und das ließ der Geist nicht zu.

Der Jazz, also Kai, war toleranter oder gleichgültiger und verlangte nicht, dass ich etwa auf einen Theaterbesuch mit Johannes verzichtete oder auf die Lektüre der Bücher, die er mit empfahl, wie *Die Falschmünzer* von André Gide, oder *Die Verliese des Vatikan*. Der Jazz verlangte eigentlich gar nichts. Wenn Kai sein Misstrauen gegen Johannes und die Intellektuellen äußerte, dann nicht im Namen eines höheren Prinzips, sondern aus einem instinktiven Verdacht heraus. Der Geist dagegen, in dessen Namen Johannes sprach, war streng und prinzipienfest, er drängte auf Bekenntnis und Entscheidung. Johannes sagte das nicht so, gab es mir aber unmissverständlich zu verstehen.

Und das hieß nichts anderes als: Ich musste mich entscheiden.

INTERCITY-INTERMEZZO

Ich musste einige Male wiedererkennend auflachen, als ich das Gespräch von Johannes und Ben (also *cum grano salis*: mir) jetzt wieder las. Ich hatte das Gespräch aus dem Gedächtnis wiedergegeben, natürlich nicht Wort für Wort, so gut war mein Gedächtnis nicht, aber doch dem Sinne nach, und inzwischen hatte ich herausgefunden, woher Johannes seine Philippika gegen den Jazz hatte: es war eine Paraphrase des Aufsatzes, den Theodor W. Adorno einmal über den Jazz geschrieben hatte, und so viel war sicher: Der Mann hatte keine Ahnung vom Jazz. Einer, der sich in der sogenannten klassischen Musik so gut auskannte, wie kaum ein anderer, musste sich ja auch nicht dafür interessieren, was auf der anderen Seite des musikalischen Mondes passierte, aber vielleicht wäre er doch besser beraten gewesen, einmal nichts zu schreiben, sondern zu schweigen. Aber das nur nebenbei.

Johannes' Verurteilung des Jazz mit den Worten von Adorno hatte auf mich jedenfalls eine nachhaltige Wirkung. Erst später – für mich zu spät – erfuhr ich mit zunehmendem Erstaunen, dass die Schauspielerei und der Jazz sehr wohl miteinander vereinbar waren – oder dass man zumindest das eine tun konnte und das andere nicht lassen musste. Ich habe Woody Allen in *Michael's Pub* in New York mit seiner Jazzband Klarinette spielen gehört. Clint Eastwood ist ganz nebenbei auch Jazzpianist. Manfred Krug war Jazzsänger. Die Reihe könnte ich fortsetzen. Selbst Johannes gab später im Theater Matinéen mit Jazz und Lyrik! Es hatte überhaupt keinen Grund dafür gegeben, mir den Jazz zu verleiden, außer seiner *Eifersucht*. Worauf Johannes wahrscheinlich geantwortet hätte, der Geist sei eben – wie schon der Gott des Alten Testamentes – ein eifersüchtiger Geist.

DAS MANUSKRIPT (FORTS.)

Nachmittage lang lag ich auf meinem Bett und grübelte darüber nach, wie ich mich entscheiden sollte. Mal schlug ich mich halb wach, halb träumend in die eine, mal in die andere Richtung. Mal stellte ich mir ein Leben ohne den Jazz vor und litt grausame Qualen bei dem bloßen Gedanken daran, dann wieder malte ich mir aus, wie es wäre, auf all die anregenden, erhebenden und oft auch heiteren und zum Lachen komischen Gespräche mit Johannes zu verzichten und für den Rest des Lebens ein dumpfes, unbeleuchtetes Dasein zu fristen. Aus eigener Kraft, so viel war sicher, wäre ich zu den Höhenflügen, wie ich sie mit Johannes erlebte, nicht fähig gewesen. Trotzdem – ich konnte mir den Jazz nicht aus dem Herzen reißen. Wenn Johannes eine Entscheidung verlangte, dann sollte er sie haben.

Johannes schien aus allen Wolken zu fallen, als ich ihm meine Entscheidung mitteilte. So habe er es nicht gemeint, stammelte er, er habe doch nur einen Denkanstoß geben und auf das Fragwürdige des Jazz hinweisen wollen, das Fragwürdige im Sinne von zweifelhaft, das schon, aber auch im Sinne des Fragenswerten, also dessen, das in die Frage gestellt zu werden wert sei, und daher, und insofern ...

„Nein", sagte ich, „jetzt eierst du herum."

„Wieso", sagte er, „ich eiere überhaupt nicht."

„Doch", sagte ich, „das tust du. Die Frage ist doch: Sind Jazz und Geist Gegensätze, oder sind sie es nicht. Ja oder nein?"

„Nun ja", sagte Johannes gequält, „letztlich sind sie natürlich unvereinbar, der Jazz perpetuiert das Leben, während der Geist es transzendiert, aber das heißt ja nicht, dass ..."

„Doch", sagte ich, „das heißt, dass ich mich entscheiden muss. Ich finde das schade und bedauerlich, aber was soll's?"

„Tja", machte Johannes, und ich hatte das Gefühl, er rettete sich nur noch mit allerletzter Kraft in seinen ironischen Tonfall hinein: „schade, bedauerlich – aber was soll's."

At the Jazzbandball

Es tat mir leid für Johannes, und ich war auch selbst nicht glücklich über die Trennung, aber ich fühlte mich doch befreit davon, ein Doppelleben führen zu müssen. Und ich wurde, so kam es mir vor, vom Schicksal dafür belohnt?

Kai hatte eine englische Band kennengelernt, die gerade eine Tournee durch Deutschland machte. Es waren Profis oder Halbprofis, jedenfalls lebten sie von der Musik. Ihr nächster Auftritt sollte in Heide stattfinden, einer kleinen Stadt in Schleswig-Holstein, aber sie hatten ein Problem: Die Mutter des Klarinettisten war krank geworden, er musste zurück nach London, war auch schon auf dem Weg dorthin und konnte nicht mitspielen. Ob Kai nicht einen Klarinettisten wüsste? Doch, sagte Kai, er würde am nächsten Tag wiederkommen und den *Schaffer* mitbringen.

Sie schliefen und probten in einer Kneipe in Altona, in der Nähe der Reeperbahn. Kai begleitete mich dorthin, er hatte seine Posaune dabei, um vielleicht auch ein bisschen *einzusteigen*, und während wir den langen Weg vom Bahnhof Altona zurücklegten, redete er mir gut zu, machte mir Mut und sagte, ich bräuchte keine Angst zu haben, „das sind wirklich *dufte Typen*, glaub mir."

Das waren sie auch, besonders Alex, der Posaunist, ein Hüne mit schwarzen Zottelhaaren und ebenso schwarzem Bart, der mir mit seinem Händedruck beinahe die Finger zerquetschte. Wir wechselten ein paar Sätze miteinander, während die anderen aus dem Hinterzimmer kamen, und dabei setzte ich meine Klarinette zusammen, feuchtete das Blättchen an, blies ein paar Töne vor mich hin und nickte, als Alex fragte, ob ich *ready* sei. Und dann spielten wir *Muskrat Ramble*, das sie beinahe so schnell spielten wie Louis Armstrong und Edmond Hall, aber da ich zu Hause oft zu dieser Platte mitgespielt hatte, kam ich mit dem Tempo so einigermaßen mit. Die meisten anderen Stücke waren kein Problem, und als Alex hörte, dass ich auch das Solo von Alphonse Picou in *High Society* beherrschte, quetschte er mir noch einmal die Hand und sagte, *okay, Ben, you're in.*

Bei der nächsten Probe, Freitagnachmittag, war Kai nicht dabei, dafür aber ein Mädchen oder, wie wir Jazzer sagten, *eine Frau*. Sie hieß Meike Born, war so alt wie ich, hatte kurze schwarze Haare, einen vollen Mund, eine spitze Nase und magische blaue Augen. Sie wohnte *Bei den Mühren*, einer Straße unten am Hafen und kannte Hardy, den Wirt, weil sie öfter hierherkam, wenn gejazzt wurde. Hardy war übrigens nicht mehr so glücklich über seine Gäste. Sie tranken Unmengen Bier, aßen alles, was sie finden konnten, und kamen nie auf die Idee aufzuräumen, Geschirr zu spülen oder irgendetwas zu bezahlen. Das erfuhr ich von Meike, als sie die Teller und Gläser abspülte und ich ihr dabei half. Ob sie mit einem aus der Band befreundet sei? fragte ich. Nein, sagte sie, nicht speziell. Und mit Hardy? Auch nicht. Sie sei nur hier, weil sie gern Jazz höre. Übrigens komme sie morgen auch mit nach Heide.

Sogar mein Vater kam mit zu dem großen *Jazzbandball*. Er saß in dem riesigen Ballsaal zusammen mit Meike an einem Tisch und schaute verzückt in die Runde, weil hier *so viel Leben* war.

Ich spielte so gut wie nie zuvor. Wenn ich ein Stück nicht kannte, stellte ich mich neben den Banjospieler und ließ mir während des Spiels die Harmonien zurufen. Die meisten Stücke kannte ich aber, und daran, wie die anderen mir während meiner Soli zunickten und anerkennende Worte zuriefen, merkte ich, dass sie mit mir zufrieden waren. Ob ich nicht mal ein Solostück spielen wolle, fragte Alex in einer Pause. Den *Wildcat Blues* oder so?

„How about *Bill Bailey*?"

„As a clarinet solo?"

„I did it before."

Nachdem wir wieder ein paar Stücke gespielt hatten, machte Alex eine längere Ansage, in der er die Band vorstellte, einen nach dem anderen und schließlich auch – ich traute meinen Ohren nicht – *our fine clarinettist coming from Inverness, Scotland*. Der schottische Name, den er mir gab, hörte sich an wie ein heiseres Krächzen, die ganze Band lachte und feixte darüber, nur mir schnürte es die Kehle zu. Die Leute sehen mir doch an, dass ich kein Schotte bin, dachte ich, ich muss es ihnen sagen. Aber als Alex mich ans Mikrofon winkte, sagte ich nur – und bemühte mich dabei auch, möglichst heiser zu klingen – : „And now, folks, one of my favourite songs: *Bill Bailey won't you please come home.*"

„*B-flat*", rief ich dem Banjospieler noch zu, dann gab ich mit dem Fuß den Takt vor und fing an zu spielen. Es war eines der ersten Stücke, die ich live gehört hatte, damals bei Ken Colyer im Curio-Haus. Und nun, zwei Jahre später, stand ich selber auf einer Bühne und spielte dieses Stück. Ich begann mit der Melodie, fast ohne Schnörkel oder sonstige Verzierungen, dann, mit dem zweiten Chorus, kam die Improvisation. Nimm die tiefen Töne, hatte Kai oft gesagt, die klingen am besten! Ich hatte mich selten an seinen Rat gehalten, aber jetzt, wo er nicht da war, tat ich es doch. Es gefiel mir so gut, dass ich auch noch die erste Hälfte des nächsten Chorus' dort unten blieb, bevor ich in die mittlere Lage überwechselte, um allmählich in die höheren Regionen aufzusteigen. Ich baute mein Spiel so auf, dass immer noch eine Steigerung möglich war, immer noch rasantere Läufe, noch riskantere Phrasierungen, bis ich schließlich dazu überging, bestimmte Tonfolgen rhythmisch zu wiederholen, wobei ich immer wieder *dirty tones* hervorstieß. Trompete und Posaune unterstützten mich bald mit anfeuernden *Riffs,* die mir erlaubten, mich in wilde, raue Höhen hinaufzuschrauben, wie ich es von Edmond Hall her kannte, und dann – die letzten Töne waren kaum verklungen – war er da: Der Beifall. Mein Beifall! Klatschen, Pfeifen, Rufe. Ich hatte es geschafft. Ich hatte es geschafft, einen Saal mit – wie viele waren da unten? Fünfhundert? – Leuten zu Begeisterungsstürmen hinzureißen. Was riefen sie? Du aber? Du aber?

„Zugabe! Zugabe!"

„Have you got another one?", fragte Alex.

Gut, dachte ich, dann eben doch. Ich ging zum Mikrofon und sagte auf Deutsch: Dankeschön, danke, vielen Dank. Und jetzt, bevor wir wieder eine Pause machen, spielen wir den guten alten *Wild Cat Blues*.

Es war nichts Originelles dabei, es war Ton für Ton von Monty Sunshine nachgespielt, aber das war den Leuten gerade recht. Sie kannten das Stück, sie mochten es, und ich mochte es ja auch. Und mein Vater (Meike Born fand ihn *süß*), wusste sich vor Begeisterung kaum zu fassen.

Im Überschwang meines Erfolges wagte ich es auf der Rückfahrt sogar, Meike zu fragen, ob sie nicht mal mit mir in die *Riverkasematten* gehen wolle?

„Ja", sagte sie, „warum nicht?"

Meike Born

Das Haus *Bei den Mühren* lag direkt am Freihafen. Eine enge Stiege führte zu der Wohnung im ersten Stock. Meikes Zimmer war ein kleiner, schmaler Raum mit Bett, Schreibtisch, Kleiderschrank und Bücherregal. An der Wand über ihrem Bett hing das Plakat mit James Dean, auf dem er aussieht, als ob er gerade eine Pistole zieht. Von Meikes Fenster aus konnte man die großen Speicher- und Kontorhäuser des Freihafens sehen, drüben, auf der anderen Seite des Zollkanals.

Meikes Mutter lebte nicht mehr. Ihr Vater war ein untersetzter Mann mit einem mächtigen Oberkörper, dessen Händedruck es gut mit dem von Alex hätte aufnehmen können. Er war *Schauermann*, also Hafenarbeiter, und sagte, er sei stolz darauf, Arbeiter zu sein. Die Arbeiterklasse sei die Klasse der Zukunft. Sie werde nach der Revolution die herrschende Klasse sein. Man müsse sich allerdings vor der Sozialdemokratie hüten, die wolle die Arbeiterklasse verbürgerlichen. Herbert Wehner sei ein Arbeiterverräter. Das Godesberger Programm, das sie im letzten Jahr verabschiedet hätten, habe endgültig gezeigt, dass die SPD eine bürgerliche Partei geworden sei. Was denn mein Vater von Beruf sei?

„Druckereibesitzer", sagte ich.

„Also Kapitalist", sagte Herr Born. Das habe er sich gleich gedacht. Gleich als er mich gesehen habe, habe er gedacht: Der Junge kommt todsicher aus der Bourgeoisie.

Ich wusste nicht, was eine Bourgeoisie war, und er erklärte es mir.

„Muss ich mich deswegen schämen?", fragte ich.

„Nein, aber in Acht nehmen", sagte Herr Born. Proletariat und Bourgeoisie hätten ja im neunzehnten Jahrhundert noch gemeinsam gegen den Adel gekämpft, aber inzwischen stünden sie auf verschiedenen Seiten der Barrikaden. „Wenn es soweit ist", sagte er, „stehen Meike und ich auf der einen, und du mit deinem Vater auf der anderen Seite."

„Und wann ist es soweit?"

„Na ja, morgen noch nicht", sagte er und grinste. „Wo geht ihr denn hin?"

„In die Riverkasematten", sagte Meike.

„Aber um zehn bist du zu Hause!"

„Um elf", sagte Meike.

„Na, dann viel Spaß."

Ob ihr Vater Kommunist sei, fragte ich, als wir an den Landungsbrücken vorbei gingen.

Na klar sei er Kommunist, sagte sie. Der Kommunismus oder *die Idee*, wie er es nenne, sei sein Leben.

„Aber", sagte ich, „ich fand ihn eigentlich sehr nett."

„Warum sollte er nicht nett sein?"

Na ja, dachte ich, weil die Kommunisten drüben *in der Zone* die Menschen unterdrücken Aber Meikes Vater hatte mir wirklich gut gefallen. Besonders komisch fand ich, dass er auf Herbert Wehner geschimpft hatte. Mein Vater schimpfte auch auf Herbert Wehner, aber aus anderen Gründen. Mein Vater schimpfte auf ihn, weil er Kommunist war; Herr Born schimpfte auf ihn, weil er den Kommunismus verraten hatte. Herbert Wehner konnte es offenbar niemandem Recht machen.

Die *Riverkasematten* lagen unterhalb der Hafenstraße, direkt an der Elbe. Sie waren ein ehemaliges Festungsgewölbe, aus rotbraunen Backsteinen gemauert, zwei Räume, eine Bar, Tische mit Kerzen, die in vollgetropften VAT69-Flaschen steckten. Die Band bestand aus vier Musikern, Klavier, Bass, Schlagzeug, Posaune. Der Posaunist spielte beinahe noch schnellere Läufe als ich auf der Klarinette, es war unglaublich. Man konnte ihm nur nicht dabei zusehen, weil er so entsetzlich schielte.

Wir tranken Cola mit Rum, rauchten *Roth Händle* und erzählten uns unser Leben. Was wir so machten, wovon wir träumten, worüber wir glücklich oder unglücklich waren, und was wir in den großen Ferien vorhatten.

Währenddessen überlegte ich, ob ich es wagen sollte, Meike zu küssen. Nicht hier, nicht in den Riverkasematten, aber vielleicht später, wenn wir wieder draußen wären, im Dunkeln, auf der Straße. Ich hatte noch nie ein Mädchen geküsst. Nicht richtig. Nicht auf den Mund. Was, wenn es ihr nicht recht wäre? Wenn sie mich zurückstieße und mich nie wiedersehen wollte? Sollte ich sie nicht vorher fragen? Aber nein, dachte ich, das wäre unromantisch. Es muss von allein geschehen, von beiden zugleich, ganz ohne Worte. Es muss ein magischer

Moment sein. Nur – woran erkennt man einen magischen Moment?

Als wir die Riverkasematten verließen, legte ich meinen Arm um Meikes Schulter. Sie war fast einen Kopf kleiner als ich. Ich fühlte mich stark genug, sie zu beschützen. Die Reeperbahn war nicht weit, wer wusste schon, was für zwielichtige Gestalten hier durch die Gegend schlichen. „Hast du nicht Angst, wenn du abends hier allein durch die Straßen gehst?", fragte ich.

„Nein", sagte sie, „wovor?"

Als wir an den Landungsbrücken vorbeikamen, schlug sie vor, auf den Pier zu gehen.

Wir gingen hinunter auf den Ponton, der leicht schwankte. Das Wasser klatschte und gluckerte unter uns, es hörte sich an wie ein gutmütiges Lachen. Die Elbe roch nach Öl und Fisch. Der Mond hätte sich jetzt auf der Wasseroberfläche spiegeln sollen, das wäre romantisch gewesen, aber der Himmel war bewölkt. Eine Barkasse schnitt sich ihren Weg durch den Strom. Wie wehmütig so ein großer Fluss machte! Wie sehnsüchtig! Von hier aus konnte man in alle Länder reisen. Das *Tor zur Welt* nannten die Hamburger ihre Stadt. Ich hatte als Kind immer gedacht, sie meinten damit ganz speziell diesen Ort, die Landungsbrücken, und obwohl ich es inzwischen besser wusste, war mein Gefühl immer noch so: Dies hier, der Platz, an dem wir stehen, das ist das Tor zur Welt.

„Ist es nicht romantisch hier?", sagte Meike.

„Ja", sagte ich und dachte, ist das der magische Moment?

„Nur der Mond fehlt", sagte sie. „Aber wir können ihn uns ja vorstellen."

„Und wie?"

„Mit geschlossenen Augen."

Das ist er!, dachte ich. Ich schloss die Augen und presste meine Lippen auf die ihren.

Sie zog ihren Kopf zurück.

Oh Gott, dachte ich. Alles verpatzt!

„Nicht so fest", flüsterte sie. „Komm."

Wir legten die Lippen sanft aufeinander, ganz sanft, ließen sie eine Ewigkeit so liegen, und ich sog ihren Atem ein, als könnte ich wie ein Duftesser ihre Seele verschlingen.

Johannes' Zimmer

Was für ein wunderbares Leben! Ich hatte den Jazz, ich hatte eine Freundin, ich hätte nur noch hin und wieder etwas für die Schule tun müssen, dann wäre alles in Ordnung gewesen.

Aber etwas fehlte.

Eine Weile gelang es mir, mich darüber hinweg zu täuschen, eine Weile hielt mich die Liebe zu Meike so in Atem, dass ich nichts anderes mehr wünschte, als mit ihr zusammen zu sein, aber als ich ihrer ein wenig sicherer geworden war, machte sich so nach und nach ein Gefühl des Mangels bemerkbar.

Ich vermisste die Klarheit im Kopf, die ich in den Gesprächen mit Johannes erfahren hatte, dieses Gefühl zu wissen, zu erkennen und erleuchtet zu sein, eingeweiht in Dinge oder Dimensionen, von denen sich der Normalmensch nichts träumen ließ. Ich war ja selber ein Normalmensch, nur mit dem Unterschied, dass ich mir eben doch etwas davon träumen ließ. Ich hatte die Höhenflüge mit Johannes erlebt und sehnte mich danach zurück.

Wenn wir in unserem Klassenzimmer saßen und während des Unterrichts verstohlen zu einander hinschauten und sofort wegschauten, wenn wir bemerkten, dass der andere gerade herschaute, dann wünschte ich mir, Johannes käme in der großen Pause zu mir und sagte, er habe sich die Sache mit dem Jazz inzwischen überlegt, es sei ihm eigentlich doch egal, ob ich in einer Jazzband Klarinette spielte oder nicht, und ob wir nicht mal wieder zusammen ins Kino oder ins Theater gehen wollten?

Aber warum sollte er zu mir kommen, er brauchte mich ja nicht, er konnte sein geistiges Feuerwerk auch ohne mich anzünden, allein oder mit anderen, ich sah ja, wie angeregt er mit ihnen redete und sie zum Staunen und zum Lachen brachte, wenn er zum Beispiel wieder eine seiner Parodien von sich gab, von Adenauer mit seinem köllschen Tonfall oder Theodor Heuss mit seiner grabestiefen Stimme. Nein, Johannes hatte keinen Grund, zu mir zu kommen. Ich musste schon selbst auf ihn zu gehen.

Die Gelegenheit dazu ergab sich, als wir am Rande des Schulsportplatzes standen, während die anderen in ihren kurzen Turnhosen auf dem Fußballfeld herumliefen und versuchten, den Ball ins gegnerische Tor zu schießen. Johannes war auf Dauer vom Sportunterricht befreit, weil er nur noch eine Niere hatte, ich hatte mir gerade einen Fuß verstaucht und konnte auch nicht mitspielen. Wir standen gut hundert Meter voneinander entfernt, der eine an dem einen Tor, der andere an dem anderen, doch nach und nach lösten wir uns schrittweise von der jeweiligen Torlinie und trafen uns wie zufällig an der Mittellinie. Ich räusperte mich mehrmals, murmelte irgendwelche Tjas und Alsos, die Johannes aber gar nicht zu bemerken schien, fasste mir schließlich ein Herz und fragte, ob wir nicht doch mal miteinander reden könnten?

„Ja", sagte Johannes, „warum nicht?"

„Nun ja", sagte ich, „weil wir ja eigentlich ..." – aber da stockte ich schon und wusste nicht mehr weiter. Verfeindet waren? Zerstritten? Aber gestritten hatten wir uns gar nicht, wir waren verschiedener Meinung gewesen waren, das war alles. Ich wusste in diesem Augenblick gar nicht mehr, warum wir einander so lange aus dem Weg gegangen waren, Johannes hielt den Jazz für ungeistig, na schön, aber war das ein Grund, kein Wort mehr miteinander zu reden?

„Weil wir ja eigentlich – was?", fragte Johannes.

„Weil wir ja eigentlich nicht mehr miteinander reden", sagte ich.

„Wir haben es nicht getan", sagte er, „weil du es nicht wolltest. Ich habe das respektiert. Es ist mir allerdings ziemlich künstlich oder, wie soll ich sagen, gekünstelt vorgekommen. Ich habe sogar, das gebe ich zu, ein wenig darunter gelitten."

„Du auch!", rief ich begeistert aus, „aber dann könnten wir doch wieder mal zusammen ins Kino gehen oder ins Theater. Oder von mir aus auch in einen Vortrag, was meinst du?"

„Du könntest mich auch mal besuchen", sagte Johannes.

Das war neu. Bisher war Johannes immer darauf bedacht gewesen, dass ich *nicht* zu ihm nach Hause kam, obwohl ich einige Male den Vorschlag gemacht hatte, weil ich neugierig darauf war, wie er wohnte, wie seine Großmutter aussah und vor allem seine Tante mit ihrer erotischen Stimme. Von seiner Mutter hatte Johannes am wenigsten erzählt, nur einmal hatte er hasserfüllt gesagt, sie sei eine Schlampe, treibe sich immer mit irgendwelchen Männern herum und käme oft besoffen nach Hause. Ein anderes Mal, kurz vor unserer Trennung (oder was es nun war), hatte er gesagt, seine Mutter habe Krebs, das komme von der vielen Raucherei. Er sagte das nicht mitleidig oder mitfühlend, sondern in einem Tonfall, der besagte, das hat sie nun davon.

Das Haus, in dem Johannes wohnte, war ein vierstöckiger Klinkerbau in der Kieler Straße. Die Wohnung lag im dritten Stock. Ich war ein bisschen außer Atem, als ich oben ankam, und hätte gern noch ein paar Sekunden Zeit gehabt, um zu verschnaufen, aber Johannes stand schon in der Tür. „Komm", sagte er und zog mich in einen schmalen, düsteren Flur hinein. „Zweite Tür rechts."

Er schloss die Tür hinter uns zu, womit ich meine, er drehte auch den Schlüssel herum und öffnete sie erst wieder, als eine dunkle, erotische Stimme rief: „Johannes, der Tee ist fertig."

„Warte mal", sagte ich, als ich sah, dass Johannes das Tablett mit dem Tee und einem großen Teller voller Marmeladenbrote nur entgegennehmen und die Tür gleich wieder schließen wollte. „Ich muss doch Guten Tag sagen."

„Nicht nötig", sagte er. „Lass nur."

„Das ist sehr aufmerksam von Ihnen", sagte die Tante, die nun doch ein paar Schritte ins Zimmer hereinkam und mir die Hand gab. Sie war Anfang Dreißig, ein bisschen mollig, hatte rehbraune Augen, kurze, dunkelblonde Haare, ein weiches, flächiges Gesicht mit einer etwas platten Nase und einen Händedruck, der mir das Herz höherschlagen ließ. Ich hätte sie am liebsten gleich umarmt, so vertraut kam sie mir vor.

„Wir haben ja schon miteinander telefoniert", sagte ich.

„Ich weiß", sagte die Tante, „Sie haben so eine tragische Stimme."

„Du meinst *tragend*", verbesserte Johannes.

„Ich meine *tragisch*", sagte die Tante. „Nicht klagend, aber tief und seelenvoll."

„Sie haben aber auch eine wundervolle Stimme", sagte ich.

„Danke", sagte sie, „manche sagen sogar, ich hätte eine erotische Stimme, aber das ist vermutlich pure Schmeichelei."

„So", sagte Johannes und schob seine Tante unsanft zur Tür hinaus, „nun wollen wir aber unseren Tee trinken."

Ob er das immer so mache? fragte ich, als er auch jetzt wieder die Tür hinter sich abschloss. Für mich wäre es undenkbar gewesen, meiner Mutter, meinem Vater oder auch nur unserer Hausangestellten Ruth den Zugang zu meinem Zimmer zu verwehren.

„Wenn ich mich nicht gegen diese Bande schütze, bin ich verloren", sagte Johannes. „Die kommen sonst alle naslang herein und sehen nach dem Rechten. – Zucker? Einen Löffel? Zwei?"

Johannes gab den Zucker in meine Tasse und rührte für mich um. Und dann, ohne dass ich gewahr wurde, wie es dazu kam, begann er ein Gespräch mit mir, das mir näher ging, als jedes andere zuvor.

Es war so, dass Johannes mir Fragen stellte – was ist gut? Was ist gerecht? Was ist der Sinn des Lebens? Was unterscheidet den Menschen vom Tier? – und geduldig darauf wartete, dass ich antwortete. Und wenn ich geantwortet hatte, fragte Johannes weiter, und ich antwortete wieder, und im Laufe dieses Wechselspiels von Frage und Antwort wurde ich immer unsicherer und verwirrter, da alles, was ich bisher gedacht und geglaubt hatte, seinen Wert und seine Beständigkeit verlor, als hätte ich auf einmal keinen festen Grund mehr unter den Füßen, als stürzte ich in einen Abgrund, ohne jemals wieder Halt zu finden. Doch dann, auf einmal, wie wenn man nach einer Höllenfahrt ins Innere der Erde wieder auftaucht und ans Licht kommt, war ich geblendet von einer Klarheit, wie ich sie noch nie erlebt hatte. Ich wusste alles! So kam es mir vor. Ich hätte nicht sagen können, was ich wusste, nicht im Einzelnen wenigstens, und vielleicht war ja gerade *das* das Besondere, dass das Einzelne, alles Einzelne, sich auflöste und an seine Stelle ein Ganzes trat, das aber wiederum ein Nichts war, oder ein Nichts, das das Ganze war – so fühlte es sich jedenfalls für einen kurzen, glücklichen Augenblick an.

Ja, es war eine besondere Art von Glück, auch wenn es mir nicht geheuer war.

Die Welt der Gegensätze

Von nun an fuhr ich ein- oder zweimal die Woche zu Johannes und ließ es zu, dass er die Zimmertür abschloss und geistige Gespräche mit mir führte. Auf den Inhalt kam es dabei gar nicht so sehr an, entscheidend war das Wechselspiel von Verwirrung und Klarheit, von schwindelerregendem Nichts und beglückender Erkenntnis. Aber auch wenn es auf den Inhalt nicht in erster Linie ankam, so lernte ich doch allmählich die Welt der Gegensätze kennen, in denen Johannes dachte.

Die Welt, so erklärte Johannes, bestehe aus feindlichen, einander ausschließenden Sphären, zwischen denen man sich entscheiden müsse. Es ginge nicht bloß um diese oder jene Handlung, sondern um *Daseinsformen*, darum, wie einer sei und sein wolle; denn das Sein bestimme das Handeln, nicht umgekehrt, und im Grunde genommen sei das Sein schon vor unserer Geburt festgelegt. *Werde, was du bist*, das sei die Devise. Die wesentlichen Daseinsformen aber seien die des Bürgers und die des Künstlers. Der eine stehe auf der Seite der Natur, der andere auf der Seite des Geistes, und wenn man ein Mensch im eigentlichen Sinne sein wolle, ein Mensch im Unterschied zum Tier, also ein geistiges Wesen, dann müsse man sich von der Natur distanzieren und sich über sie hinaus erheben.

Das war Johannes' Credo.

Es konnte sogar vorkommen, dass ein von mir geäußertes *Ja, natürlich* dazu führte, dass Johannes ironisch ausrief: *Tja, natürlich!* und dann wurde mir bewusst, dass ich noch immer auf der falschen Seite stand, nicht auf der des Geistes und der Kunst, sondern auf der Seite der Natur.

Wenn man jedoch mit dem Segen des Geistes durch die Welt ging, dann sah man, wie die meisten Menschen nur rackerten und rauften, wie sie nur arbeiteten, um zu leben, anstatt sich auf den Weg zum Geist zu begeben, wie sie gleichsam unbewusst ihr Bienen- oder Ameisendasein fristeten, während *der Geist* und damit auch der geistige Mensch das blinde Gewimmel und Gewusel entweder mitleidig beweinte (das tat Johannes eher selten) oder von Herzen darüber lachte, ja, das konnte er und ich mit ihm, besonders wenn er die Menschen mit seinem parodistischen Talent entzauberte und entlarvte.

Bürger und Künstler, Natur und Geist – das waren die Gegensätze, in die Johannes die Welt einordnete, und in denen allmählich auch ich zu denken begann, wenn auch mit Bangigkeit, weil ich mir zugleich sagte, jetzt läufst du genauso durch die Gegend wie Johannes und lachst über die Ameisenexistenz der anderen, und am

Ende bist du selbst eine Ameise und musst wieder zurück in den Haufen.

Johannes war ja ein Genie, das hatte er mit seiner Regiearbeit bewiesen, ich dagegen hatte nur eine Nebenrolle gespielt, mehr nicht, und der Jazz zählte nicht als Kunst, sonst hätte ich natürlich (*tja, natürlich!*) etwas bessere Karten gehabt. Aber nachdem Johannes mich davon überzeugt hatte, dass das Künstlertum das Höchste war, was ein Mensch erreichen konnte, wollte ich es unbedingt auch damit versuchen, und ich vertraute ihm, wenn er mir wieder und wieder versicherte, ich müsse mich nur für die *Daseinsform* entscheiden, das Talent stelle sich dann ganz von alleine ein.

Ins Grübeln kam ich freilich bei dem Gedanken daran, dass, wie Johannes gesagt hatte, die Daseinsform eines Menschen schon bei oder sogar vor seiner Geburt festgelegt sei, wo war denn da noch Raum für eine Entscheidung? Der sei durchaus gegeben, lautete Johannes' Antwort; denn auch wenn einer als Künstler geboren sei, könne er durchaus noch seiner eigentlichen Bestimmung davonlaufen und sich gewissermaßen in die Büsche schlagen. Werde, was du bist!, wiederholte er, das heißt, du musst es *annehmen* und alles dafür tun, das zu werden, wozu du geschaffen bist.

„Und wenn ich nun dazu geschaffen bin, eine Ameise zu werden?", fragte ich immer noch zweifelnd. „Oder ein Unternehmer wie mein Vater?"

„Dann würdest du dir diese Frage gar nicht stellen", antwortete Johannes, und das war wirklich ein überzeugendes Argument. Mein Vater hatte sich diese Frage nie gestellt. Er war mit Freuden in die Fußstapfen wiederum seines Vaters getreten und hatte, wie er sagte, *immer alles richtig gemacht*. Allein wegen dieser Äußerung wollte ich niemals so werden wie er, und wenn der einzig wahre Ausweg aus diesem Schicksal darin bestand, ein Künstler zu werden, dann war das unbedingt das, was ich wollte.

Künstler oder Bürger, Geist oder Natur, wo es um die Entscheidung zwischen diesen Sphären ging, wusste ich genau, auf welche Seite ich mich schlagen wollte.

Gewissensqualen bereitete mir nur der dritte Gegensatz, der mit den beiden anderen offenbar eng zusammenhing, der Gegensatz zwischen Mann und Frau. Von dem war immer häufiger die Rede in den Gesprächen hinter der verschlossenen Tür. Die Frau gehörte, daran ließ Johannes keinen Zweifel, auf die Seite der Natur.

Ich machte geltend, dass es doch auch große Schauspielerinnen gäbe wie Therese Giese oder Elisabeth Flickenschildt, aber Johannes ließ, was die Frauen betraf, nicht mit sich handeln. Die Natur habe eben auch ihr Repertoire an Künsten, sagte er, und was die Giese oder die Flickenschildt betreffe, so speise sich ihr Talent aus derselben Quelle, aus der auch das Chamäleon seine Verwandlungskünste beziehe, aus dem äffischen Urgrund der Kunst. Für den Geist dagegen spiele das *Durchschauen* die entscheidende Rolle, man brauche sich doch nur Gustaf Gründgens anzuschauen oder Alec Guiness oder Laurence Olivier. Kunst müsse, das hätten schon die Neuplatoniker erkannt, zur Erlösung führen, und was die Giese und die Flickenschildt veranstalteten, das sei zwar gut und schön, aber mit Erlösung habe es nun wirklich nichts zu tun.

Ich verstand nicht genau, warum es so war oder so sein sollte, aber das war, dachte ich, nur meiner Unwissenheit geschuldet.

Die Frau, so Johannes weiter, stehe auf der Seite der Natur, aber war stehe der Mann deswegen schon automatisch auf der Seite des Geistes? Nein, das wäre ja auch zu schön gewesen. Der normale Mann sei naturverhaftet oder naturbelassen wie die Frau. Was ihn von ihr unterscheide, sei nur die *Möglichkeit*, ein geistiges Dasein zu führen, aber dass diese Möglichkeit in ihm schlummere, das wisse er oft gar nicht und kümmere sich nicht darum. Gedankenlos lasse er sich auf die Frau ein, und schon sei alles zu spät. Erst wenn er eine Entscheidung *gegen* die Natur, also auch *gegen* die Frau getroffen habe, stehe ihm der Weg in eine geistige und künstlerische Existenz offen.

Ich wagte es, um Worte ringend, ein paar Einwände vorzubringen, hatte aber keinen Erfolg damit.

Dass ich diese elementaren Tatsachen nicht wahrhaben wolle, sei durchaus verständlich, sagte Johannes nur, das sei eben der *Widerstand*, von dem Sigmund Freud in seinen psychoanalytischen Schriften berichte. Der Widerstand sei gerade ein Zeichen für die Wahrheit und Richtigkeit dessen, wogegen er sich richte, und wer den Gegensatz von Geist und Frau leugne, der beweise eben damit, dass er noch der Natur verhaftet sei.

„Und wie war es mit Goethe?", wandte ich ein. Der habe doch nun wirklich die Frauen geliebt, Lotte und wie sie alle hießen.

So sicher sei er da nicht, sagte Johannes. Aber vielleicht sei Goethe ja tatsächlich die seltene Ausnahme eines *Naturgenies*. So etwas dürfe es ja im Grunde gar nicht geben, es sei eine *contradictio in adjecto,* aber alle hundert Jahre spiele der Geist sich eben selber einen Streich und komme in dieser ganz und gar verwirrenden Form zur Welt.

Ob ich denn nicht auch so eine Ausnahme machen dürfe, wagte ich schüchtern zu fragen. „Vielleicht bin ich ja auch so einer wie Goethe."

Aber da lachte Johannes nur, lachte Tränen, kugelte sich vor Lachen und rief das eine und andere Mal aus: „Goethe! Du! Guter Gott, ja, Goethe!"

Doch dann wurde er mit einem Male ernst und sagte in verändertem Tonfall: „Vielleicht hast du gar nicht so unrecht. Es ist da so etwas bei dir und mir, eine Verschiedenheit und doch auch wieder ein Auf-einander-Bezogensein, Sonne und Mond, Tag und Nacht, Plus und Minus, Polarität. Ja, so können und müssen wir einander sehen: Du Goethe, ich Schiller; du der Naive, ich der Sentimentalische. Ich gebe dir mal den Schillerschen Aufsatz, den musst du lesen, der ist zentral! Und lies doch bitte auch *Schwere Stunde* von Thomas Mann, da hast du alles. Alles! Und die Frauen, so viel ist sicher, spielten bei den beiden nur eine ganz untergeordnete Rolle, glaub mir, außerdem war es eine andere Zeit."

Das mit der anderen Zeit verstand ich nun wirklich nicht mehr, aber ich konnte nicht immer nur nachfragen, irgendwann erlahmte die Kraft dazu.

INTERCITY-INTERMEZZO

Ich legte das Manuskript auf den freien Platz neben mir und schloss die Augen. Ich weiß nicht, ob man innerlich den Kopf schütteln kann, vielleicht schüttelte ich auch äußerlich den Kopf, jedenfalls konnte ich kaum fassen, dass ich damals, in meiner Jugend, auf diese *Ideologie* hereingefallen war. Es war ein in sich geschlossenes Gedanken- oder Glaubenssystem, in das Johannes mich hineingezogen hatte, und ich hatte ihm geglaubt, weil ich, so denke ich heute, *überhaupt etwas glauben wollte.* Ich hatte, wie so viele Jugendliche, das große Verlangen, an etwas Erhabenes oder Unbedingtes zu glauben. Einige Jahre später, 1968, geriet ich in ein anderes, nicht weniger hermetisches Gedankensystem hinein. Ich brauchte einige Zeit und Mühe, um mich aus dem suggestiven Sog des Marxismus zu befreien, und ähnlich schwer war für mich die Befreiung aus dem Gedankengebäude von Johannes. Ideologien sind geistige Gefängnisse, und so verlockend es auch ist, sich in eine solche Sicherheitsverwahrung zu begeben – etwas in uns rebelliert dagegen. Aber auch wenn es uns gelingt, uns zu befreien – denken müssen wir ja, und alles Denken ist abstrakt, und alles Abstrakte sperrt die unendliche Vielfalt des Lebendigen in diesen oder jenen Begriffskäfig ein, anders können wir nicht *denken*, und so kommt es eben doch zu einem ewigen Kampf zwischen Natur (verstanden als die unendliche Vielfalt des Lebendigen) und Geist (verstanden als die notwendige Abstraktion, ohne die wir die Welt nicht verstehen können). Nur ist dieser Kampf ein anderer als der, den Johannes im Sinn hatte.

Die *Welt der Gegensätze*, in die Johannes mich damals *hineinführte*, war, wie ich Laufe der Jahrzehnte lernte, aus verschiedenen Theoriebausteinen errichtet.

Da gab es zunächst und vor allem die suggestive Kraft der sokratischen Dialoge, die Platon aufgezeichnet oder erdichtet hatte, das Frage- und Antwortspiel, das dem Befragten schmerzlich bewusst macht, dass er, ebenso wie der Fragende selbst, *nichts weiß* (jedenfalls nicht, wenn es nicht bloß um die Frage der Pferdezucht geht, sondern um das richtige Leben).

Da gab es, zweitens, einen kräftigen Schuss Schopenhauer, wenn davon die Rede war, dass unser Dasein schon von Anfang an festgelegt sei und all unser Handeln diesem Sein entspringe.

Da gab es, auch von Schopenhauer inspiriert, den Gegensatz der *Daseinsformen*, Künstler und Bürger, von dem man bei Thomas Mann lesen konnte.

Da gab es die Abwertung der Frau als ungeistiges, naturverhaftetes Wesen, ein jahrtausendealtes christliches und griechisch-philosophisches Vorurteil, das man aber auch in anderen Religionen finden konnte.

Und da gab es schließlich – gewissermaßen als *Erbsünde der Philosophie* – die Verachtung der *blöden, doppelköpfigen Menge*, von welcher Parmenides spricht, wenn er die Theorie der zwei Wege ins abendländische Denken einführt: Entweder du gehst den Weg des Geistes, oder du gehst den Weg des Gewöhnlichen, den die Menge geht. Verachtung der Vielen, das hatten Philosophen und Propheten offenbar nötig, um sich auserwählt zu fühlen.

DAS MANUSKRIPT (FORTS.)

Der Privatdozent

Spätestens beim dritten oder vierten Gespräch in Johannes' Zimmer kam es zu einer kleinen Störung, einem Moment der Disharmonie, weil ich hin und wieder verstohlen auf die Uhr blickte. Ich bemühte mich, es unbemerkt zu tun, indem ich wie zufällig die Arme kreuzte und dabei mit der rechten Hand Pullover und Hemd der linken zurückschob, so dass die Uhr nur für einen kurzen Moment unter dem Ärmel hervor lugte. Aber etwas zu tun, ohne dass Johannes es bemerkte, war beinahe unmöglich. Er sah fast alles, und sah er etwas nicht, dann ahnte oder erriet er es. Was schaust du auf die Uhr, fragte er, langweilst du dich?

Nein, nein, beteuerte ich, ich finde es im Gegenteil so spannend, dass ich fürchte, die Zeit darüber zu vergessen. Ich muss doch um sieben zu Hause sein, sonst gibt es Ärger.

In Wahrheit war ich mit Meike Born verabredet. Ich hatte immer stärker das Verlangen, sie noch zu sehen, nachdem ich bei Johannes gewesen war, unbedingt. Ich hatte sie schon einige Male abends abgeholt und war mit ihr spazieren gegangen oder ins Florakino am Schulterblatt. Was für einen Film es gab, war nicht so wichtig, das Florakino hatte Logen, darauf kam es an. Wenn wir eine

Loge bekamen, konnten wir zwei Stunden lang ungestört miteinander schmusen.

Ich blickte auf die Uhr, damit ich rechtzeitig zu ihr kam, aber ich wollte nicht, dass Johannes davon erfuhr, weder, dass ich jetzt zu ihr ging, noch überhaupt, dass ich eine Freundin hatte. Ich wusste ja, dass es *ungeistig* war, sogar noch ungeistiger als der Jazz, aber ich wollte beides, die Frau *und* den Geist, auch wenn es natürlich – tja, natürlich – unmöglich war.

Umso merkwürdiger war es, dass ich anfing, die Gespräche, die Johannes mit mir geführt hatte, mit Meike zu wiederholen, nur mit vertauschten Rollen. Jetzt war ich der Fragende und Meike die Antwortende, ich derjenige der das geheimnisvolle Gespräch führte und lenkte, und sie diejenige, die sich führen und lenken ließ. Der Unterschied war nur, dass bei Meike und mir am Ende, wenn der Sturz ins Nichts erfolgt und das Erkenntnisglück erreicht war, noch ein weiteres Glück auf uns wartete: Der Abschied bei ihr im Treppenhaus, wo wir im Dunkeln lange beieinanderstanden, bis unsere Lippen anfingen sich aufzulösen und miteinander zu verschmelzen.

Ich hatte mich schon beim ersten Mal ein bisschen überrumpelt gefühlt, als Johannes die Tür abschloss, nachdem wir in sein Zimmer gegangen waren. Wenn ich zur Toilette ging und wieder hereinkam, sagte Johannes jedes Mal: Schließt du bitte die Tür wieder ab? Ich tat es dann, obwohl mir nicht wohl dabei war, und setzte mich auf den Sessel mit den geschwungenen Holzlehnen, während Johannes sich aufs Sofa legte.

Es war eine graugrüne Klappcouch mit einem Bettkasten, in dem tagsüber sein Bettzeug verstaut war. Als wir mit unseren Nachmittagsgesprächen begannen, war die

Couch noch zum Sofa zusammengeschoben gewesen, später klappte Johannes sie auf und legte sich hin.

Das Zimmer war übrigens recht klein. Außer der Couch, zwei Sesseln und dem länglichen Couchtisch, auf dem die Teekanne, die Tassen und die Marmeladenbrote standen, gab es nur noch ein Bücherregal, von dessen oberstem Bord eine Topfpflanze traurig ihre Triebe hängen ließ.

Johannes lag auf dem graugrünen Sofa, ich saß mit dem Rücken zum Fenster in meinem Sessel, und das Gespräch begann. So ein geistiges Gespräch bringt die Gesprächspartner einander näher, deswegen war es in gewisser Weise zu verstehen, dass Johannes manchmal auf den freien Platz neben sich zeigte und sagte: „Willst du dich nicht zu mir legen?"

Aber ich wollte nicht. Mir war es sowieso immer zu heiß oder zu brenzlig in seinem Zimmer, ich musste, das fühlte ich, von Johannes Abstand halten, deswegen lehnte ich höflich ab, und Johannes bestand auch nicht weiter darauf, nicht allzu sehr wenigstens. Er begründete seinen Wunsch nur manchmal und sagte, wir würden uns dann sicherlich besser konzentrieren können, eine solche Kluft zwischen uns sei doch ein Widerspruch, nachdem wir einander gerade geistig so nahegekommen seien. Manchmal machte er auch ein leidendes Gesicht und sagte, er hätte es am Magen, und meine Nähe würde ihn beruhigen. Ob ich nicht fünf Minuten seine Hand halten könne? Ich kam mir dann grausam vor, wenn ich auf einen so harmlosen Wunsch nicht einging, setzte mich zu ihm und hielt seine Hand.

Man mag mich für naiv halten, und das war ich auch, aber was es mit Johannes' Wünschen auf sich hatte, wurde mir tatsächlich erst klar, als er mich eines Tages mit zu einem Vortrag nahm.

Es war eine Universitätsvorlesung, gehalten von einem Privatdozenten im Rahmen seiner Vorlesungsreihe unter dem Titel *Der Geist der Polis*. Johannes hatte schon einige dieser Vorlesungen besucht und fand sie so interessant, dass er mich wiederholt aufgefordert hatte, ihn zu begleiten. Nun kam ich also mit. Der Privatdozent wollte in dieser Stunde, wie ich von Johannes auf dem Weg zur Universität erfuhr, über die Tugend im alten Griechenland referieren, über die sogenannte *Areté*.

Nun ja, Tugend, dachte ich, warum nicht?

Wir warteten in einem kleinen, schäbigen Hörsaal zusammen mit acht oder neun Studenten. Es roch nach demselben Putzmittel, nach dem es auch in unserer Schule roch. Ich schaute auf die Uhr. Zehn nach vier. Um vier sollte die Vorlesung beginnen.

„Er kommt c.t.", sagte Johannes, „*cum tempore.*"

Pünktlich um viertel nach vier erschien der Privatdozent. Ein kleiner Mann von vielleicht fünfzig Jahren mit gelblichen, zum Teil bereits ergrauten Haaren. Er trug einen dunkelblauen Anzug, eine leuchtend gelbe Fliege, und wirkte zugleich ärmlich und elegant. Als er den Raum betrat, lächelte er erstaunt und freundlich in die Runde, glücklich wie es schien, dass überhaupt jemand gekommen war. Er war übrigens Altphilologe und hieß Nostiz, Dr. Reginald Nostiz.

Johannes zog ein Schulheft aus seiner Jackentasche und legte es aufgeschlagen vor sich auf den Tisch.

„Schreibst du mit?", flüsterte ich.

„Psst", machte Johannes.

„Ich begrüße Sie, meine Herren", sagte der Privatdozent, wobei er die Arme ausbreitete und sie mit nach oben gekehrten Handflächen für einen Augenblick so stehen ließ. „Wir hatten ja", fuhr er fort – seine Stimme war hell und hoch und ein wenig kraftlos, er räusperte sich auch einige Male wie jemand, der lange nicht mit anderen Menschen gesprochen hat –, „wir hatten ja das letzte Mal über den Logos gesprochen. Sie erinnern sich. Ich sage nur Heraklit – da haben Sie das abendländische Denken *in nuce*, in einer Nussschale also."

Er lachte kurz und fuhr, nachdem er mit der Zunge seine Lippen befeuchtet hatte, fort: „In der heutigen Stunde geht es, wie Sie dem Semesterplan entnommen haben, um die Areté, also die Tugend oder besser: Tüchtigkeit. Ich hätte diese Vorlesung ebenso gut unter ein anderes Motto stellen können, habe es aber aus gesellschaftlichen Rücksichten nicht getan. Wir leben immer noch in einer Zeit, in der man mit Dingen, die das Griechentum betreffen, nicht vorsichtig genug sein kann, besonders wenn es sich dabei um das Thema Erotik handelt. Ja, ich sehe, Sie staunen, Sie scharren mit den Füßen (niemand hatte mit den Füßen gescharrt), aber genau davon wird in dieser Stunde die Rede sein. Denn die Areté im archaischen und auch noch im klassischen Griechenland war untrennbar verbunden mit" – er machte eine Pause und schaute bedeutsam in die Runde – „der Knabenliebe."

Um Gottes Willen, dachte ich, wo bin ich hier hingeraten? Ich wollte Johannes etwas zuflüstern, aber er legte nur wieder den Finger an den Mund.

„Päderastie", fuhr der Privatdozent fort, „gilt bei uns heute als Schimpfwort und verbotene Tat, der Päderast macht sich strafbar und wird mit dem Paragraphen 175 bedroht. Man ächtet ihn, man stößt ihn aus der Gesellschaft aus. Aber! Können Sie sich vorstellen, meine Herren, dass der Päderast in der Antike ein ehrenwerter Mann war? Oh nein, ich gebrauche diese Formulierung nicht in dem ironischen Sinne, wie wir ihn von

Shakespeare her kennen – *und Brutus ist ein ehrenwerter Mann* – nein, die Knabenliebe war bei den Griechen eine gesellschaftlich anerkannte und erwünschte Institution. Allerdings" – er machte wieder eine Pause, in der er sich die Lippen anfeuchtete –, „Päderast ist nicht Päderast. Der Knaben-Liebhaber im alten Griechenland war nicht ein Homosexueller im heutigen Sinne, weder ein Ästhet und Décadent wie Oscar Wilde, noch ein verstohlen durch die Straßen schleichender – verzeihen Sie das Wort – Schwuler auf der Suche nach dem nächsten Strichjungen. Oh nein, der Päderast im archaischen Griechenland war zunächst und vor allem: Aristokrat. Er war verheiratet und durchaus darauf bedacht, Nachkommen zu zeugen. Von homosexuell im heutigen Sinne kann also nicht die Rede sein."

Na, Gott sei Dank, dachte ich.

„Ich sehe, Sie sind erleichtert", sagte der Privatdozent, „aber es ist vielleicht nicht überflüssig, Folgendes klarzustellen: Es geht mir nicht um Wertungen. Der moralische Ton ist der Todfeind der Wissenschaft. Verstehen soll sie, nicht richten! Der entschuldigende Ton aber, mit dem man den Griechen häufig begegnet, als wären sie Kinder und nicht ganz ernst zu nehmen, ist noch schärfer zu verurteilen. Die Griechen bedürfen keiner Entschuldigung, und ob wir es nun wahrhaben wollen oder nicht: Es ist die gleichgeschlechtliche Liebe, die den Griechen die Herzen öffnete und ihre erotische Poesie hervorbrachte. Ja, ich behaupte sogar: Die Griechen haben uns nicht nur den Logos gebracht, sondern auch den Eros – denken Sie bitte daran, wenn Sie Ihrer Angebeteten einen poetischen Liebesbrief schreiben. Der Ursprung Ihrer zarten Empfindungen liegt im alten Griechenland, und zwar, ob wir es wahrhaben wollen oder nicht, in der gleichgeschlechtlichen Liebe: in der Liebe von Mann zu Mann oder, wie bei Sappho auf Lesbos, in der Liebe von Frau zu Frau. – Sie wundern sich? Sie schütteln die Köpfe? Sie sind womöglich gar empört?"

Niemand hatte etwas gesagt, und ein Kopfschütteln hatte ich auch nicht bemerkt. Aber dass einige sich wunderten, war nicht zu übersehen. Einem der Studenten, einem blonden mit Bürstenfrisur, stand regelrecht der Mund offen, ob nun vor Staunen darüber, dass seine Liebespoesie ihren Ursprung in der gleichgeschlechtlichen Liebe haben sollte, oder darüber, dass der Privatdozent so offen und ohne Vorbehalte davon sprach. War der Herr Dr. Nostiz am Ende selber einer, der der Knabenliebe frönte?

Dr. Reginald Nostiz begann nun, über das Volk der Dorer zu sprechen. In Sparta, so der Privatdozent, der jetzt mit gleichmäßigen Schritten vor den Studenten auf und ab ging und in beinahe druckreifen Sätzen sprach, in Sparta seien die Liebhaber, *Erastes* genannt, für ihre Geliebten, die bereits vom zwölften Lebensjahr an mit ihnen verkehrten und die man *Eromenoi* nannte, sogar in einem solchen Maße verantwortlich gewesen, dass der Erastes für eine unehrenhafte Handlung des Eromenos hätte einstehen müssen. So sei zum Beispiel ein Erastes für den unehrenhaften Angstschrei, den sein Geliebter in der Schlacht ausgestoßen habe, zur Rechenschaft gezogen worden. Und daran sehe man schon: Einander in der *Areté*, der kriegerischen Tugend und Tüchtigkeit, zu festigen, das sei der Sinn dieses Verhältnisses gewesen! Das stärkste Heer, so habe man geglaubt, sei jenes, das nur aus Liebespaaren bestehe; und wirklich: Niemals sei ein feindlicher Krieger zwischen einem Liebespaar durchgebrochen und ungeschoren davongekommen. „Was für eine Kultur!", rief der Privatdozent begeistert aus, „denken Sie nur einen Augenblick darüber nach! Was für eine Kultur, die den Eros in den Dienst der Tugend stellt! Die überhaupt die Liebe aus dem öffentlichen Leben nicht nur nicht ausschließt, sondern sogar ausdrücklich mit einbezieht!"

Das ist wahr, dachte ich. Das würde mir gefallen. Nur nicht die gleichgeschlechtliche Liebe, die natürlich nicht.

Übrigens, fuhr der Privatdozent fort, habe es im alten Griechenland keine staatlichen Schulen gegeben, kein kostenloses Erziehungssystem, und daher seien die Knaben darauf angewiesen gewesen, einen Erzieher zu finden. Der Glaube an die Veredelung des Knaben durch die Mannesliebe aber sei so tief verwurzelt gewesen, dass als erwiesen galt: Nur derjenige würde ein tüchtiger Mann im Staate, der als Knabe die Liebe eines Erastes erfahren hatte. „Ich will jedoch", sagte der Privatdozent, „Ihr Schamgefühl nicht mehr strapazieren, als es für unsere Wissenschaft notwendig ist, ich will Ihre jungen Gesichter (dabei schaute er ausgerechnet mich an) nicht mit Einzelheiten zum Erröten bringen, ich sage daher nur so viel: Mit dem Liebesakt trat der dorische Knabe unmittelbar in die Gemeinschaft der Männer ein. Es handelte sich also um einen Initiationsritus, wobei es sich allerdings nicht um einen einmaligen Akt handelte. Denn der Liebhaber nahm den Knaben, nachdem er ihn für sich gewonnen hatte, mit sich und zog sich mit ihm für einige Wochen zurück. Es war nämlich nach dorischer Vorstellung so, dass der Mann *seine Areté durch den Liebesakt auf den Knaben übertrug.* Und damit wenden wir uns der attischen Form der Knabenliebe zu."

Herr Dr. Nostiz machte eine Pause, ging zu seinem Pult und gönnte sich einen Schluck Wasser. Johannes war immer noch damit beschäftigt, die letzten Sätze des Privatdozenten in sein Heft zu übertragen. Ich sah, wie er mit seiner großen schrägliegenden Schrift das Wort *Initiationsritus* schrieb und gleich darauf die Worte *Liebesakt* und *Areté*.

Herr Dr. Nostiz begann nun wieder mit gemessenen Schritten vor uns auf und ab zu gehen. Ganz allgemein gelte, fuhr er fort, dass die Beziehung von Erastes und Eromenos später, in der klassischen und ganz besonders in der spätklassischen Zeit unkörperlicher und gleichsam keuscher geworden sei. Sexuelle Zügelung sei nun das Ideal geworden. Er sage nur: platonische Liebe! (Ja, richtig, dachte ich.) Und noch ein Unterschied zu den Dorern sei zu bemerken: das Ideal der Areté selbst habe sich verändert. Es sei unkriegerischer und gewissermaßen bürgerlicher geworden. Natürlich habe die Körperertüchtigung weiterhin eine große Rolle gespielt, vor allem in der Palästra, wo man – übrigens vollkommen nackt! – geturnt und Sport getrieben habe. Aber es sei nun, um Platon zu zitieren, weniger darauf angekommen, die Knaben in den kriegerischen Tugenden zu festigen, als ihnen Bildung und Weisheit zu vermitteln. Interessanterweise jedoch sei man in dieser Zeit, in der das Ideal der Erziehung weniger martialisch und gewissermaßen weltläufiger geworden sei, um so strenger darauf bedacht gewesen, dass der Knabe nicht verweichliche. Daher sei es zu einer seltsamen Zwiespältigkeit im Regelwerk der Erotik gekommen. Die Hauptforderung an den Knaben habe nunmehr gelautet: Du sollst nicht wiederlieben! Denn der Knabe, so stehe es wörtlich bei Xenophon, teile anders als die Frau mit dem Manne nicht die Wonnen des Liebesgenusses, sondern sehe nüchtern einen von Liebe Berauschten.

„Ist das nicht seltsam?", fragte der Privatdozent. „Ich meine, ist es nicht hochinteressant, dass der Ehrenkodex jetzt vom Knaben verlangt, dass er nüchtern bleibe, ein nüchterner Zuschauer, der nichts empfindet? Wie erklären Sie sich das?"

Er machte eine Pause und schaute auffordernd in die Runde, als erwarte er die Erklärung von Johannes, von mir oder von dem Blonden mit der Bürstenfrisur. Erst als sich herausstellte, dass niemand im Raum eine Erklärung dafür hatte, warum der Knabe seinen Erastes nicht wiederlieben sollte, sagte der Privatdozent: „Nun, ich will es Ihnen verraten. Die Athener der klassischen Zeit hatten ein ungewöhnlich strenges Männlichkeitsideal. Ich muss es, ob Sie nun vor Scham erröten oder nicht, ganz offen sagen: Wer im gleichgeschlechtlichen Akt die passive Rolle innehatte, der galt als weibisch und verlor damit seine Ehre. Offene Homosexualität unter Erwachsenen war sogar gänzlich verpönt. Erlaubt, erwünscht und ehrenvoll war allein eine äußerst strengen Verhaltensregeln unterworfene Knabenliebe. Und zu diesen Regeln gehörte eben, dass der Eromenos, also der Knabe, nicht wiederlieben durfte."

Ich musste nun doch, ob ich es wollte oder nicht, an die Nachmittage in Johannes' Zimmer denken, daran, dass ich mir grausam vorkam, wenn ich mich weigerte, seine Hand zu halten oder mich zu ihm auf die Couch zu legen. Vielleicht war ich instinktiv dieser griechischen Verhaltensregel gefolgt?

„Du darfst nicht lieben!", rief der Privatdozent aus. Seine Stimme war längst klarer und voller geworden, er hatte sich auch schon lange nicht mehr geräuspert –, „aber kann man das von einem jungen Mann verlangen? Dass er immer nur kalt und ohne Leidenschaft ist? Haben die Athener das von ihren Knaben verlangt? Ja und nein. Ein und derselbe Jüngling durfte nämlich beides sein, Erastes und Eromenos, nur in verschiedenen Beziehungen. Jawohl, das war die Lösung, die die Athener für ihr heikles Problem mit der Knabenehre fanden. Derselbe Jüngling konnte im Verhältnis zu einem Älteren der Geliebte, im Verhältnis zu einem Jüngeren aber der Liebhaber sein. Dort blieb er kalt, nüchtern und teilnahmslos – hier war er verzückt, entflammt und berauscht. Dort blieb er passiv, hier war er aktiv. Ist das nicht ganz und gar erstaunlich?"

So sehr nun auch wieder nicht, dachte ich und musste an mein Verhältnis zu Johannes und zu Meike Born denken. Bei Johannes war ich, auch wenn es sich natürlich nicht um Knabenliebe handelte, passiv und nüchtern; im Verhältnis zu Meike aber war ich der Aktive und Berauschte, wobei es sich natürlich auch nicht um Knabenliebe handelte, insofern hinkte der Vergleich auf beiden Seiten. Aber irgendwie so ähnlich schien es mir doch.

„Ich komme zum Schluss", sagte der Privatdozent. „Ich werde in der nächsten Stunde vielleicht noch einmal genauer auf das Verhältnis von Erastes und Eromenos in der attischen Klassik eingehen. Für heute soll es genug sein, meine Herren. Ich danke Ihnen. Wir sehen uns in einer Woche wieder."

Und damit verschwand der Privatdozent. Er verschwand tatsächlich, er ging nicht fort, er war auf einmal nicht mehr da. Jedenfalls für mich war es so, da ich während seiner letzten Sätze zu sehr mit meinen eigenen Gedanken beschäftigt gewesen war.

An der Alster

Als wir im Anschluss an die Vorlesung im Alsterpavillon saßen und heiße Schokolade tranken, konnte ich mich immer noch nicht darüber beruhigen, dass die alten Griechen allesamt Päderasten gewesen sein sollten. Die hätten also wirklich immer nackt geturnt? Das sei ja wie bei den Nudisten in *Abessinien* auf Sylt! Und dass sie da noch Unzucht miteinander getrieben hätten, das ...

„Nein", unterbrach Johannes, „nicht da."

„Nicht wo?"

„In der Palästra. Also beim Sport. Da war es absolut tabu. Sonst wäre ja auch wirklich alles drunter und drüber gegangen."

„Na, Jupiter sei Dank", sagte ich erleichtert. Fast hätte ich gesagt: Dann ist ja alles in Ordnung. Aber nichts war in Ordnung. Im Gegenteil. Unordnung herrschte in meinem Kopf, in meiner Brust. Ein Knäuel, ein Wirrwarr, ein Drunter-und-drüber. Da waren die Griechen, da war dieser Privatdozent, da war Johannes ... Und was war eigentlich mit den Frauen?

„Ach die", sagte Johannes, als fiele ihm gerade erst wieder ein, dass es solche Wesen auch noch gab, und das, obwohl hier im Alsterpavillon an allen Tischen Frauen saßen, meist ältere beim sogenannten Kaffeekränzchen – die Frauen, so Johannes, spielten in der Öffentlichkeit keine Rolle, sie waren ans Haus gebunden und dem Manne untertan. Eine Frau zu lieben, hieß gewissermaßen eine Untergebene zu lieben – „kann das denn Liebe in einem höheren Sinne sein?"

„Nein", sagte ich, „wenn man es so sieht, nicht. Aber inzwischen sind ja doch zweitausend Jahre vergangen."

„Zweitausendfünfhundert", sagte Johannes.

„Siehst du", sagte ich. „Aber eine andere Frage: warum wolltest du eigentlich, dass ich mit dir in diese Vorlesung gehe?"

„Nun ja", sagte Johannes. „Langweilig war es doch wohl nicht, oder?"

Nein, dachte ich, langweilig war es nicht. Eher zu spannend. Nicht, weil ich mich besonders für die alten Griechen interessierte, sondern weil mir während der Vorlesung zum ersten Mal der Gedanke gekommen war, dass ich in Johannes' Augen womöglich auch so ein Knabe sein sollte, ein Eromenos. War es so? Mein Herz schlug heftiger, als ich mich dazu durchgerungen hatte, diese Frage zu stellen.

Johannes sah mich mit einem Blick an, der zugleich in weite Ferne gerichtet zu sein schien. Als ob er, indem er mir in die Augen blickte, nicht nur mich sah, sondern etwas längst Vergangenes oder etwas, das in ferner Zukunft lag. „Lass uns zahlen", sagte er schließlich, „wir können ja an der Alster spazieren gehen und darüber reden. Es ist zwar etwas kühl draußen, aber es wird uns guttun. Komm."

Wir gingen am Hotel Vier Jahreszeiten vorbei zur Lombardsbrücke und zur Außenalster. Das Wasser lag ruhig da. Es war ein sonniger Tag, erst Mitte Februar, aber man konnte den Frühling schon riechen. Vielleicht würde der Winter noch einmal zurückkommen, aber im Augenblick sah es so aus, als kämen die Krokusse bald hervor. Schneeglöckchen gab es längst.

„Sieh mal", sagte Johannes, „kaum sind sie da, lassen sie schon die Köpfe hängen."

„Du hast mir noch nicht geantwortet", sagte ich.

„Was war noch mal die Frage?"

„Ob ich in deinen Augen auch so ein Eromenos bin?"

„Und wenn es so wäre?"

„Es wäre mir nicht recht", sagte ich. „Ich meine, ich denke, wir sind natürlich irgendwie befreundet, aber sowas ..."

„Tja, irgendwie befreundet", sagte Johannes in seinem ironischen Tonfall. „Irgendwie befreundet", wiederholte er. Aber so naiv könne ich doch gar nicht sein, nach allem, was er bisher für mich getan habe.

„Für mich getan?", fragte ich, froh, dass er etwas gesagt hatte, über das ich mich empören konnte. Was er denn damit sagen wolle? Was er denn für mich getan habe, das ich nicht auch für ihn getan hätte? Dafür, dass ich noch nicht so viel gelesen hätte wie er, könnte ich ja wohl nichts. Oder ob Johannes irgendwelche Ansprüche daraus geltend mache wolle? Womöglich mir die Rechnung präsentieren für den erteilten Unterricht?

„Nein, nein", sagte Johannes und hob bestürzt die Arme, „um Gottes Willen, wo geraten wir da hin?" Das sei jetzt aber wirklich ein Missverständnis! Im Übrigen hätte ich vollkommen Recht, das mit dem Für-dich-getan sei ein Faux-pas gewesen. *„Nichts mehr davon, ich bitt' Euch."* (Das war ein Schillerzitat, das er gern gebrauchte.)

Schweigend gingen wir nebeneinander her. Es war ein sonniger Tag, wie schon erwähnt, aber in meiner Brust braute es sich dunkel und schwer zusammen. Ich ahnte, dass nichts mehr so sein würde, wie vor dem Besuch dieser Vorlesung. Ich hatte vielleicht schon früher geahnt, worauf die Freundschaft mit Johannes hinauslaufen würde, aber ich hatte es mir nicht eingestanden. Es war ja auch nichts passiert, außer dass Johannes mich einige Male gebeten hatte, mich zu ihm auf die Couch zu legen. Aber jetzt, nach diesem Gespräch, konnte ich nicht mehr so tun, als hätte ich keine Ahnung. Jetzt *hatte* ich eine Ahnung.

„Ich fürchte, wir werden uns wieder trennen müssen", sagte ich.

„Was meinst du mit – du fürchtest?", fragte Johannes mit belegter Stimme.

„Ich meine, dass es so ist. Ich will das nicht. Ich will nicht dein Eromenos sein. Ich kann dich nicht auf diese Art lieben. Und außerdem ist es verboten."

Es war dumm, dass ich das sagte, und ich schämte mich dafür. Wenn irgendein Paragraph mir verboten hätte, Meike Born zu küssen, dann hätte ich mich nicht darum gekümmert.

„Ja, seltsam", sagte Johannes. „Bei den Griechen war es erwünscht, bei uns ist es verboten. Wie sich die Zeiten ändern."

Du hast Recht, sagte ich, „es hat nichts damit zu tun. Es ist nur einfach so, dass ich nicht schwul bin."

„Bin ich schwul?", sagte Johannes. „Ich weiß es nicht. Es ist nur einfach so, dass ich dich liebe, Ben, wie ich nie eine Seele geliebt habe."

Das war der Satz aus *Frühlings Erwachen*. Der Satz, den Ernst zu Hänschen Rilow sagt, der Satz, den Dr. Ahrndt gestrichen hatte. Wir wussten es beide. Wir dachten beide daran. Auch daran, dass er gestrichen wurde.

„Ich weiß", sagte ich und spürte, wie mein Herz sich zusammenzog. „Aber ich kann das nicht. Du hättest mich nicht in diese Vorlesung mitnehmen sollen. Bis heute konnte ich so tun, als wüsste ich nicht, worauf das es hinauslaufen würde, aber jetzt ..."

„Jetzt, was?"

„Jetzt müssen wir es beenden", sagte ich. „Wir werden uns nicht wiedersehen. In der Schule ja, aber sonst nicht. Ich kann es nicht mehr. Tut mir Leid."

„Aber", sagte Johannes fassungslos, „wir können doch den Vortrag und dieses Gespräch wieder vergessen. Wir tun einfach so, als hätte es nicht stattgefunden. Wir streichen diesen Tag aus unserem Leben. Einverstanden?"

„Nein", sagte ich. „Es geht nicht jetzt mehr. Ich meine, jetzt, wo ich weiß, worauf du es abgesehen hast."

„Was heißt denn abgesehen?", stammelte Johannes. „Ich liebe dich. Willst du mir das zum Vorwurf machen?"

„Nein", sagte ich und spürte mit einer gewissen Genugtuung, wie viel Macht ich auf einmal über Johannes hatte. Normalerweise war ich der Passive und er der Aktive, jetzt kehrte sich das Verhältnis um, wenn auch nur für diesen einen Augenblick der Trennung. „Nein", sagte ich noch einmal, „ich werfe es dir nicht vor, aber ich will nicht so ein Eromenos sein. Ich kann es auch nicht. Es tut mir wirklich leid, aber ..." Ich wusste nicht mehr weiter.

„Was soll's?", sagte er.

„Nein, nicht was soll's. Aber ich kann nicht mehr darüber hinwegsehen, verstehst du? Ich muss jetzt meinen Weg allein finden."

Wir gingen die Milchstraße hinauf zum Mittelweg. Mein Patenonkel wohnte hier. Ich hatte in meiner Kindheit oft einige Tage bei ihm und seiner Frau gewohnt. Einmal, als ich noch nicht zur Schule ging, war ich vierzehn Tage bei ihnen gewesen. Ich war damals ein kräftiger, stämmiger Kerl, der keiner körperlichen Auseinandersetzung auswich. Die anderen nannte mich respektvoll *Dickus, der Boxer*. Daran erinnerte ich mich jetzt. Ich hätte es Johannes gern erzählt und mit ihm darüber gelacht, aber das war nun auch nicht mehr möglich. Ich streckte

Johannes die Hand hin. Ich wollte einen einvernehmlichen Abschied. Johannes' Hand bewegte sich auf meine zu, zog sich aber, bevor es noch zu einer Berührung kam, wieder zurück.

„Also dann", sagte ich.

„Also dann", sagte er kaum hörbar.

Ich sah, bevor ich mich endgültig umdrehte und meiner Wege ging, wie sich aus seinem linken Auge ein Tropfen löste und am unteren Rand seiner Brille hängen blieb.

INTERCITY-INTERMEZZO

Ich hatte meinem Freund Joshua dieses und einige andere Kapitel zu lesen gegeben, und er hatte mich gefragt, wieso ich damals diesen Satz gesagt hätte, dieses *Ich bin nicht schwul.*

„Weil ich es nicht war", sagte ich.

„Aber ist es nicht lächerlich", sagte er, „dass wir unsere Identitäten nach unseren sexuellen Orientierungen bestimmen, als lesbisch, gay, bi, trans, queer und h?"

„Was ist h?", fragte ich.

„Hetero", sagte er.

„Klasse", sagte ich, „LGBTQ-H – darf ich das zitieren?"

„Und *divers* nicht vergessen ", sagte er, „und: plus, plus, plus."

„Danke", sagte ich, „vielleicht muss ich noch einmal neu darüber nachdenken. Ich war ja nicht frei von der Moral, die damals, Anfang der sechziger, herrschte, und die sich auch in den Gesetzen spiegelte. Schwule mussten fürchten, bei Razzien in Schwulenkneipen registriert und auf schwarze Listen gesetzt, wenn nicht gar zu Gefängnisstrafen verurteilt zu werden. Im Dritten Reich – wem sage ich das – waren sie sogar ins KZ gesteckt worden und mussten den berüchtigten rosa Winkel tragen, und das war damals gerade fünfzehn Jahre her. Ich war ja nicht frei vom allgemeinen Vorurteil."

„Weißt du, dass der Paragraph 175 erst 1994 endgültig abgeschafft wurde?", sagte Joshua.

„Tatsächlich? Erst 1994?"

„Kannste googeln", sagte Joshua.

„Nein", sagte ich. „Das wusste ich nicht. Aber lass mich noch einmal auf Johannes zurückkommen. Er war ja nicht einfach nur schwul, sondern war es auf eine, wie soll ich sagen, ideologisch überhöhte Weise. Heterosexuelle Beziehungen waren in seinen Augen minderwertig, wer eine *geistige Existenz* führen wollte, der musste sich seiner Ideologie zufolge von dem schädlichen Einfluss der Frauen lösen. Dass all diese ideologischen Verblendungen etwas mit seiner Situation zu tun hatten, mit seiner Mutter, seiner Tante, seiner Großmutter und dem daneben pinkelnden Großvater, kam mir damals nicht in den Sinn. Auch nicht, dass seine Ideologie eine Spiegelung der damals herrschenden Homosexuellenverfolgung war."

„Eine Spiegelung", sagte Joshua nachdenklich, „ja, das mag sein. Die Verfolgten neigen gelegentlich dazu, in ihrem Denken ähnlich verblendet zu sein wie ihre Verfolger."

DAS MANUSKRIPT (FORTS.)

Allein

Und nun? Wie sollte ich jetzt leben? Was wurde aus dem Geist? Und was aus mir? Ich hatte ja nicht aufgehört an das zu glauben, was Johannes mich gelehrt hatte, ich wollte nur den Preis dafür nicht zahlen. Ich wollte alles haben, den Jazz und die Schauspielerei, die Natur und den Geist, die Liebe zu Meike Born und die Gespräche mit Johannes, aber *der Geist* ließ das nicht zu, und diese Unvereinbarkeit der Gegensätze stürzte mich in tiefe Verzweiflung. Ich wünschte mir, mit irgendjemand darüber reden zu können, aber da ich weiter an die Welt der Gegensätze glaubte, gab es niemanden, dem ich mich anvertrauen konnte. Meinen Eltern nicht, weil sie Bürger waren, Kai nicht, weil er ein Jazzer war, Meike nicht, weil sie eine Frau war. So war ich auf mich allein gestellt und musste versuchen, aus eigener Kraft den Weg des Geistes zu gehen. Aber wie?

Ich las noch einmal die Romane von Thomas Mann und André Gide, die Johannes mir empfohlen hatte. Es kam mir verräterisch vor, weil sie ja zu Johannes' Reich gehörten und ich aus diesem Reich geflüchtet war, aber ich hatte keine andere Wahl. Ich wollte so werden wie Johannes, nur ohne den Preis dafür zu zahlen – oder das, was ich für den Preis hielt.

Aber wenn ich schon nicht die Neigung zur, wie Johannes es genannt hatte, *Vereinigung im Namen des Geistes* verspürte, dann wollte ich mich wenigstens vor der Unterwerfung unter die Natur bewahren. Vielleicht war das der Ausweg? Keuschheit. Ein mönchisches Leben?

So kam ich, nachdem ich mich eine Weile mit diesen Gedanken herumgequält hatte, zu dem Entschluss, mich auch von Meike zu trennen. Ich sagte ihr, ich wolle mich ganz der Kunst verschreiben, und zwar mit dem Ziel – das hätte ich aber noch niemandem gesagt – Schauspieler zu werden. Das sei mein unumstößlicher Entschluss. Aber um das zu werden, müsse ich allein sein, ich könne das nicht weiter erklären, es sei so.

„Vielleicht werde ich ja auch Schauspielerin", sagte Meike.

„Ja", sagte ich, „vielleicht. Aber es wäre etwas anderes."

„Wieso?"

Was sollte ich darauf sagen? Dass es bei ihr nur äffisch und chamäleonartig wäre wie bei der Giese oder der Flickenschild?

„Ich weiß nicht", sagte ich, „vielleicht wäre es auch gar nichts anderes, ich weiß nur, dass ich meinen Weg allein gehen muss. Ich wünschte, es wäre anders, glaub mir."

Ich wünschte mir das wirklich, und sie schien es zu spüren. Sie war nicht böse auf mich. Sie schien sogar ein wenig Mitleid mit mir zu haben.

Als wir an diesem Abend in ihren Hausflur gingen, um uns für immer zu verabschieden, ließ sie zum ersten Mal zu, dass ich meine Hand nicht nur unter ihren Pullover, sondern auch unter ihren Rock schob.

Als ich spät in der Nacht den Heimweg antrat, war ich jubelnd glücklich. Ich hatte Meikes Küsse noch auf den Lippen und ein aufregendes künstlerisches Leben vor mir!

Der Brief

Für die Schule tat ich von nun an gar nichts mehr. Ich hatte nie besonders viel getan, aber jetzt, wo ich ein Künstler wurde, brauchte ich den trockenen Stoff sowieso nicht mehr zu lernen. Hatte Thomas Mann etwa Abitur gemacht? Oder Theodor Fontane? Oder Hermann Hesse? Im Deutschunterricht bekam ich auf einmal immer bessere Zensuren, in Mathematik, Physik, Chemie und natürlich auch Biologie versagte ich dagegen vollkommen. Das waren *Natur*wissenschaften, und der Geist (also Johannes) hatte zusammen mit der Natur auch die Naturwissenschaften verdammt.

Ich verachtete die Naturwissenschaften, und die Naturwissenschaften rächten sich dafür. Im März bekam ich den sogenannten blauen Brief, der mich und meine Eltern darauf vorbereitete, dass ich sitzenbleiben würde. Johannes blieb ebenfalls sitzen, er hatte seine Fünfen in denselben Fächern wie ich, und da es für ihn das dritte Mal war, musste er das Gymnasium verlassen. Aber was macht das schon, dachte ich, er ist ja ein Genie und braucht bloß zum nächstbesten Theaterdirektor zu gehen und ihm vorzusprechen, und der Theaterdirektor wird seine Arme ausbreiten und ausrufen: Da sind Sie ja!

Nein, um Johannes machte ich mir keine Sorgen. Um mich selbst dafür umso mehr.

Meine Eltern fanden es zwar im Prinzip nicht schlimm, dass ich sitzen geblieben war, man müsse ja kein Abitur haben, um ein anständiger Mensch zu sein, ich könne je auch Handwerker werden, nur machte ich nicht die geringsten Anstalten, mich für etwas Praktisches zu begeistern. Ich machte überhaupt nichts mehr, außer dass ich mich in mein Zimmer zurückzog und Klarinette spielte oder – das war neu – Schallplatten von Gustaf Gründgens, Will Quadflieg, Ernst Deutsch oder Klaus Kinski auflegte und die von ihnen gesprochenen Monologe und Balladen nachdeklamierte, *Habe nun, ach* oder *Oh schmölze doch dies allzu feste Fleisch* oder *Das trunkene Schiff* oder *Die Kraniche des Ibikus*.

Im Herbst wurde meine Mutter in die Schule gebeten und darüber informiert, dass ich vermutlich wieder sitzen bleiben würde, jedenfalls wenn sich nicht augenblicklich etwas änderte.

„Willst du denn gar nichts lernen?", fragten meine Eltern.

„Die Schule interessiert mich nicht", sagte ich.

„Und was willst du mal werden?"

„Weiß ich noch nicht." – Es war gelogen, ich wusste es ja, aber ich hatte nicht den Mut, es zu sagen. – „Lasst mir noch etwas Zeit", sagte ich nur.

„Wie lange?"

„Vielleicht ein Jahr?"

„So kann es nicht weitergehen", sagte mein Vater. „Wenn du bis Weihnachten nicht weißt, was du willst, dann schicken wir dich in ein Internat."

Das Wort Internat klang in meinen Ohren wie Zuchthaus oder Gefängnisinsel. Ich wollte auf keinen Fall in ein Internat, wo ich weder meine Jazzband hätte noch mich mit Meike Born treffen könnte. Ich hatte sie nach kurzer Trennungszeit natürlich (tja ...) doch wiedergesehen, um mich bald darauf erneut von ihr zu trennen, es war eine Art Ritual geworden, ein Wiedersehen mit inniger Umarmung, langem Gespräch über die Schauspielkunst und das dafür notwendige mönchische Dasein, dann wieder ein herzergreifender Abschied mit Küssen und Tränen im Hausflur und schließlich das beseligte

Nachhausegehen durch die Nacht mit all den Hoffnungen und Träumen vom Ruhm.

Kurz vor Weihnachten erfuhr ich von meinem Bruder, dass meine Eltern mich in einem Internat in St. Gallen angemeldet hätten, *am Institut auf dem Rosenberg*. Anfang Januar würde er mich hinbringen. „Also überleg' dir, ob du nicht doch etwas ändern willst", sagte er.

Noch am selben Abend setzte ich mich an meinen Schreibtisch und schrieb einen Brief. Es fiel mir nicht leicht auf diese Weise zu Kreuze zu kriechen, aber es war mir doch lieber als die Verbannung auf den Rosenberg.

Liebe Eltern,

schrieb ich, *ich habe mich nicht getraut, meinen geheimsten Wunsch zu äußern und bin daher in einem Maße, das mir selbst nicht lieb war, verstockt und trotzig gewesen. Ich habe so getan, als wünschte oder wollte ich überhaupt nichts, doch so war es nicht, und ich bitte Euch dafür um Verzeihung.*

Aber irgendetwas musst du doch wollen, hat Vati vor einem halben Jahr ausgerufen, und innerlich habe ich ihm recht gegeben. Natürlich muss man etwas wollen, man kann ja, wie ein großer Dichter einmal geschrieben hat, vom Nichtwollen seelisch nicht leben*. Und ich will etwas sogar ganz besonders, nämlich – bitte lacht mich nicht aus! – auf eine Schauspielschule gehen und den Schauspielerberuf ergreifen.*

Ich habe mir bisher nicht vorstellen können, dass Ihr dafür Verständnis aufbringt, zumal ich ja – von einer Nebenrolle in Frühlings Erwachen *abgesehen – noch niemals einen Funken Talent an den Tag gelegt habe. Aber wenn einer sich erstmal für die Daseinsform des Künstlers entschieden hat, dann wird sich das Talent schon einstellen, das ist ja eine bekannte Tatsache. Und ich habe mich dafür entschieden – mit allen Konsequenzen.*

Ich bitte ich um Verständnis dafür, auch in der Form, dass Ihr mich nicht in ein Internat verbannt. Das würde ich nicht überleben.

Es grüßt Euch Euer Sohn,

Ben

Meine Eltern waren wie verwandelt, nachdem sie diesen Brief gelesen hatten, glücklich darüber, dass ich jetzt endlich etwas wollte, auch wenn sie sich natürlich fragten, woher auf einmal das Talent kommen sollte. *Daseinsform*? Was sei das denn? Aber egal, darüber, ob ich Talent zum Schauspieler hätte oder nicht, sollten andere entscheiden. Noch über Weihnachten ließen sie ihre Beziehungen spielen. In Wien lebte der Schwager eines Geschäftsfreundes, und dieser, ein Maler und Theaterdichter mit Namen Franz Hrastnik, den sie aber immer nur *Franzl* nannten, hatte seinerseits Beziehungen zu Theaterleuten und war auch bereit, sich bei ihnen für mich einzusetzen, so dass ich, wie es schien, nur noch nach Wien zu fahren brauchte, um demnächst am Max Reinhardt Seminar vorzusprechen und aufgenommen zu werden. Franzl hatte bereits mit der Burgschauspielerin und Sprechlehrerin des Reinhardt Seminars, Frau Balser-Eberle, gesprochen. Bei ihr sollte ich im Februar für sechs Wochen Unterricht nehmen, um dann, von ihr geschult und protegiert, die Aufnahmeprüfung zu bestehen. Voraussetzung war allerdings, dass ich das nötige Talent mitbrachte. Um das zu zeigen, sollte ich der Burgschauspielerin drei Rollen vorsprechen.

So war für alles gesorgt. Ich musste nur drei Rollen einstudieren. Aber wie? Wie bereitete man sich auf ein

Vorsprechen vor? Wie wählte man die Rollen aus? Woher sollte ich wissen, ob diese oder jene Rolle für mich geeignet war oder nicht? Und wie studierte man eine Rolle ein? Ich konnte mir natürlich den Hamlet vornehmen und einen seiner Monologe aufsagen, es gab ja die Schallplatte von Will Quadflieg, nach der ich diese Monologe auch längst nachgesprochen hatte, aber war das genug? Wie sollte ich mich dazu bewegen? Und würde nicht jeder sofort merken, dass ich nicht meinen eigenen Hamlet vorsprach, sondern den von Will Quadflieg?

Es gab nur einen, der mir helfen konnte. Jetzt brauchte ich ihn. Er war es mir schuldig. Schließlich war er es gewesen, der mich auf diesen Weg gebracht hatte. Dazu, das *bürgerliche Leben* zu verachten, dazu, die Schule zu vernachlässigen, dazu, mir nichts anderes mehr zu wünschen als die *Daseinsform* des Künstlers. Ich hatte keine Wahl.

Rollenstudium

Johannes empfing mich mit offenen Armen. Er schlug als erste Vorsprechpartie den Moritz aus *Frühlings Erwachen* vor. Nun hatte er also seine Idealbesetzung und ich die Hauptrolle. Den Text hatte ich längst gelernt, es ging jetzt nur noch – oh ja, *nur noch!*, wenn ihr wüsstet! – darum, den richtigen Ausdruck zu finden, ohne zu *knattern*, wie Johannes es nannte, wenn es nicht *echt* war oder nicht *ehrlich*, oder wenn ich *nicht ganz dahinterstand*. Es war durchaus nicht immer leicht, ganz dahinterzustehen, man durfte nicht bloß an die Stimme denken oder an die Gesten und etwas nur äußerlich machen, man durfte nicht verstohlen ins Publikum (also zu Johannes) schielen, man musste den gewünschten Ausdruck ganz von innen heraus hervorbringen, so dass Stimme und Gesten und überhaupt alles, was man machte, aus dem Zentrum kamen, das – da widersprach sich Johannes bisweilen – mal *im Bauch* und mal *im Kopf* lag.

Denken!, sagte Johannes immer wieder, du musst den Text denken!

Ich bemühte mich dann darum und zog die Stirn in Falten, aber sofort hob Johannes wieder die Hände und sagte: Nein, Lieber, ich meine nicht, dass du den Text sprechen und ihn dann noch einmal extra denken sollst, ich meine auch nicht, dass du die Stirn krausen sollst, um mir zu zeigen, dass du denkst, ich meine, dass du ihn einfach nur denken sollst, mehr nicht. Verstehst du?

Ich hatte Mühe, es zu verstehen. Erst wenn ich etwas nach zahllosen Fehlversuchen zufällig, beinahe aus Versehen, doch einmal richtig machte, spürte ich, was Johannes meinte, spürte es durch und durch. Ja, jetzt hatte ich es! Das war beinahe noch schöner, als wenn mir beim Jazz eine gute Improvisation gelang!

Glaubt mir, es war eine wunderbare Arbeit, so Satz für Satz, ja Wort für Wort und Geste für Geste, Blick für Blick hineinzuschlüpfen in eine Figur, die es einerseits schon gab und die andererseits noch entstehen sollte; die als Dichterwort und Leserahnung bereits existierte, die aber noch mit körperlichem Dasein, mit Fleisch und Blut, Gedanken und Gefühl, erfüllt werden musste.

Nur – wenn ich in den Augenblicken des Glücks dachte, jetzt hätte ich es ein für alle Mal, dann hatte ich es noch lange nicht, es rutschte immer wieder weg, schon der nächste Versuch konnte misslingen. Eben hatte sich alles zusammengefügt und war aus einem Guss, jetzt fiel es wieder auseinander. Wie schwer war es doch, etwas einfach nur zu spielen!

Und doch war es wie ein wunderbarer Rausch, so konzentriert zu arbeiten, so genau besorgt um jede Nuance, so gewissenhaft der Ehrlichkeit des Ausdrucks verpflichtet. Und natürlich war es auch schmeichelhaft, im Mittelpunkt zu stehen. Alle Augen waren auf mich gerichtet, auf den Moritz! Es waren zwar im Augenblick nur zwei, aber eines Tages würden es Hunderte sein! Ich hätte jubeln mögen, wenn ich daran dachte.

Freilich, es gab auch Krisen. Manchmal sträubte sich meine Natur dagegen, etwas zu spielen, das Johannes von mir verlangte. Da gab es zum Beispiel die Stelle, an der Moritz von einem gewissen Fräulein Snandulia träumt, deren Seidenrobe bei einem Tanzfest vorn und hinten ausgeschnitten war, *hinten bis auf den Taillengürtel und vorne bis zur Bewusstlosigkeit. Ein Hemd kann sie nicht angehabt haben.*

Ich hatte nichts dagegen, diese Sätze zu sagen, warum denn auch nicht, es war ja nichts dabei. Erst als Johannes verlangte, dass ich mich dabei auf den Boden legte, mit den Händen zwischen den Beinen, und das Becken leicht auf und ab bewegte –, da sträubte sich alles in mir. Das konnte ich nicht, das war doch schamlos, das ging zu weit!

„Aber das ist doch die Situation", sagte Johannes. „Komm, ich mache es dir vor."

Er spielte es mir vor, und es schien mir auch ein bisschen gewagt zu sein, aber bei weitem nicht so schamlos, wie ich erwartet hatte.

„Und?", fragte Johannes. „Willst du es nicht doch versuchen?"

Ich versuchte es, aber ich brachte es nicht über mich. Ich wusste nicht warum. Bei Johannes sah es aus, als wäre nichts dabei, aber wenn ich selbst auf dem Boden lag und die Hände zwischen die Beine schieben sollte, war mir zumute, als müsste ich mich vor tausend Leuten nackt ausziehen.

„Ein Schauspieler darf sich nicht schämen", sagte Johannes, korrigierte sich aber gleich darauf, indem er hinzufügte: „Oder doch, er soll sich sogar schämen, aber er muss bereit sein, seine Scham zu überwinden. Er muss ein Wagnis eingehen, er muss seine Grenzen überschreiten. Wenn das Publikum spürt, dass er über sich hinaus geht, dann bleibt es gespannt auf das, was kommt. Kunst ist Wagnis, verstehst du? Wer nicht wagt, der nicht gewinnt, wie meine Großmutter, die alte Baubo, immer sagt." *Die alte Baubo* war, wie ich inzwischen wusste, ein Zitat aus Thomas Manns *Zauberberg*, in dem es wiederum ein Zitat aus Goethes *Faust* war. „Also los – noch mal von vorn, allez hopp!"

Ich versuchte es noch einmal, schämte mich wieder, rebellierte gegen die Zumutung, ließ mich erneut daran erinnern, dass Kunst Wagnis sei, und schließlich, nachdem ich Tränen der Wut, der Scham und der Verzweiflung vergossen hatte, gelang es mir doch. Und ich war überglücklich, als Johannes ausrief: „Gut so! Prima! Jetzt hast du's, Ben! Ich hab's ja gewusst!"

Ich hab's ja gewusst – das hieß: dass du das Zeug zum Schauspieler hast. Der Beweis fand zwar vorläufig nur hier, in Johannes' Zimmer statt, mit Johannes als Regisseur, Kunstrichter und Publikum, aber ich glaubte ihm. Er hätte mir niemals etwas vorgelogen. Er hätte niemals gesagt, *das war's* oder *jetzt hast du's*, wenn es nicht wirklich so gewesen wäre. Seinem Urteil, seiner Wahrheitsliebe, seinem Gespür dafür, ob etwas echt war oder nicht, vertraute ich vollkommen, zumal es auch mit dem übereinstimmte, was ich selber spürte. Wenn Johannes sagte, *nein, das kaufe ich dir nicht ab*, dann hatte ich auch selber das Gefühl, nicht ganz ehrlich gewesen zu sein, und wenn er mich lobte, dann war mir, als hätte schon vorher eine innere Stimme gesagt, ja, jetzt hast du's, das war gut.

Wir probten jeden Nachmittag. Zuerst den Moritz, dann den Hamlet und schließlich den Dauphin aus der *Lerche* von Anouilh. Noch nie zuvor hatte ich so ausdauernd und konzentriert gearbeitet. Nun ja, abgesehen von den Proben beim Jazz vielleicht, aber da ging doch alles leichter und lässiger zu.

Wir spielten übrigens noch immer jeden Mittwoch im Jazzkeller in Altona, aber inzwischen hatte ich die anderen darauf vorbereitet, dass ich demnächst nach Wien gehen würde, um Schauspieler zu werden. Sie klopften mir auf die Schulter und riefen: „Mensch, Alter, das ist ja dufte, das hätten wir gar nicht von dir gedacht!" Nur Kai sah mich skeptisch von der Seite an, als wollte er sagen, jetzt bist du also doch auf diesen Ronneburger hereingefallen.

Dass ich bei den Proben mit Johannes immer wieder an meine Grenzen gehen musste, war zwar nicht leicht, gehörte aber dazu. Ebenso wie die fast unermüdliche Ausdauer, die Johannes von mir verlangte. Ich wollte oft schon nach zwei Stunden Schluss machen, weil ich das Gefühl hatte, genug geprobt zu haben und nicht mehr weiter zu können, aber Johannes bestand fast immer darauf, dass wir *noch einen Törn* machten, wie er es nannte, also noch eine Stunde oder sogar zwei. Hinterher waren wir beide so erschöpft, dass wir uns erstmal hinlegen mussten. Johannes klappte seine Couch aus und ermunterte mich,

mich neben ihn zu legen. Mir wäre es zwar lieber gewesen, mich in den Sessel mit den geschwungenen Lehnen zu setzen, so wie früher, aber da ich während der Probe schon so viele Widerstände hatte überwinden müssen, fehlte mir die Kraft, noch weitere Kämpfe mit Johannes auszufechten. Auch war ich ihm so dankbar für alle die Mühe, die er sich mit mir machte, dass ich mir sagte, was soll's, leg' ich mich eben zu ihm, was ist schon dabei?

Es war auch nichts dabei, man konnte sich sogar daran gewöhnen. Johannes breitete seinen Arm aus und ich legte mich halb auf den Arm, halb auf seine Brust und atmete unwillkürlich seinen mit einem süßlich riechenden Rasierwasser vermischten Körpergeruch ein. Nein, allzu unangenehm war das nicht. Nur ein bisschen unheimlich. Aber das war der Sprung in die Welt des Geistes und der Kunst ja sowieso.

Der ältere Herr

Mitte Februar verabschiedete ich mich von meinen Freunden und fuhr nach Wien. Meine Eltern hatten für mich ein Schlafwagenabteil gebucht, in dem außer mir noch ein älterer Herr mitfuhr. Er war elegant gekleidet, in einen grauen Anzug mit Weste, seine Haare waren akkurat gescheitelt, ein kleines schon angegrautes Bärtchen zierte seine etwas zu lang geratene Oberlippe, und aus seinen großen Ohren wuchsen ein paar borstige Härchen heraus. Er lud mich, nachdem wir beide unsere Koffer verstaut und unsere Schlafanzüge zurechtgelegt hatten, in den Speisewagen ein. Wenn wir schon das Abteil miteinander teilten, dann könnten wir doch auch eine kleine Abendmahlzeit zusammen einnehmen, oder nicht?

Doch, doch, sagte ich, und so saßen wir uns bald an dem kleinen, ruckelnden Tischchen gegenüber und achteten darauf, dass unsere Gläser nicht umfielen.

Wer ich denn sei, fragte der ältere Herr, und was ich denn in Wien vorhätte?

Ich erzählte es ihm und spürte dabei voller Freude, wie stolz ich von mir als künftigem Schauspieler redete, und wie sehr das, was ich vorhatte, mit meinen Wünschen übereinstimmte.

Der fremde Herr zog anerkennend, wenn auch mit leicht ironischem Lächeln, die Augenbrauen hoch. Er selbst sei Philosophieprofessor, sagte er, und fahre zu einem Kongress nach Wien, zum Wiener Kongress sozusagen, aber es gehe bei diesem Kongress nicht darum, Europa neu zu ordnen, sondern den Geist zu retten. Aber vielleicht sei er ja doch die Wiedergeburt des Fürsten Metternich, *cum grano salis*, versteht sich; jedenfalls sei er bewahrend, konservativ und streitbar zugleich und habe nicht vor, dem Ungeist so ohne Weiteres das Feld zu überlassen. Sie würden sich noch umschauen, die jüngeren Kollegen, die glaubten, Philosophie sei nur noch Sprachanalyse oder formale Logik! Aber er wolle den Herrn Schauspieler in spe damit nicht *ennuyieren*. Das ganze Elend habe übrigens mit Immanuel Kant begonnen, den er, wohlgemerkt, verehre wie kaum einen anderen, Schopenhauer vielleicht ausgenommen, aber der Herr Kant habe sich dem Geist seiner Zeit nicht entziehen können, und dieser habe nunmal verlangt: Alles muss Wissenschaft werden, auch die Philosophie. Daher auch der Titel der berühmten *Prolegomena zu einer jeglichen Metaphysik, die als Wissenschaft wird auftreten können*, ich hätte sicherlich davon gehört (ich machte eine vage Handbewegung). Alle hätten sie auf einmal nur noch Wissenschaft betreiben wollen, von heute auf morgen habe nur noch Geltung genossen, was das Gütesiegel *Wissenschaft* getragen habe, und daher hätten auch die Philosophen sich genötigt gefühlt, mit den Wölfen zu heulen, Kant, Hegel, ja, selbst Schopenhauer. Was aber sei der Preis dafür? Nun, wir sähen es ja heute: Die Philosophie sei auf den Hund gekommen. Er sage nur Wittgenstein! – Aber, sagte der ältere Herr lächelnd, er wolle den Herrn Eleven wirklich nicht mit seinen Ausführungen langweilen, daher *nichts mehr davon, ich bitt Euch.*

„Schiller", sagte ich.

„Kompliment", sagte der ältere Herr.

„Ich danke", sagte ich, und, um es rundheraus zu sagen, gelangweilt habe der Herr Philosoph mich durchaus nicht, keinesfalls, obwohl ich zugeben müsse, dass ich nur ahnungsweise verstanden hätte, wovon er gesprochen habe. Mit Philosophie hätte ich mich, ehrlich gesagt, noch nicht so gründlich beschäftigt, wie es wohl wünschenswert gewesen wäre, aber man könne bekanntlich nicht alles haben. Ich hätte natürlich von Schopenhauer gehört und über ihn gelesen, vor allem natürlich das berühmte Kapitel in den *Buddenbrooks*, ich hätte auch schon den *Mythos des Sisypho*s gelesen, aber Kant leider noch nicht, vom kategorischen Imperativ einmal abgesehen. Kant sei ja, so hätte ich gehört, nie aus Königsberg herausgekommen?

Im Großen und Ganzen sei das so gewesen, sagte der ältere Herr.

Also das, sagte ich, fände ich nun doch ein bisschen langweilig. Mir vorzustellen, dass ich mein ganzes Leben in Hamburg zubringen müsste, nein. Ich sei doch froh, dass ich schon etwas mehr von der Welt gesehen hätte, London zum Beispiel und Paris, und auch, dass ich jetzt nach Wien führe, um dort auf die Schauspielschule zu gehen. Aber ich sei nun doch ein bisschen müde und müsse schlafen. Er bleibe doch sicherlich noch eine Weile hier?

Ich hoffte es. Es wäre mir – bei aller Sympathie für den älteren Herrn – nicht recht gewesen, wenn er jetzt mit mir zusammen ins Abteil zurückgegangen wäre und wir dann beide in dem engen Gang vor den übereinander gebauten Betten gestanden, uns entkleidet und unsere Schlafanzüge übergestreift hätten. Zum einen, weil ich überhaupt sehr schamhaft war, zum anderen aber, weil mir im Laufe des Gesprächs eine Ahnung oder ein Verdacht gekommen war, der mich nicht mehr losließ. Es war das erste Mal, dass ich so einen Verdacht hatte, und es hing, wie ich mir selber sagte, mit der letzten Probe bei Johannes zusammen. Wahrscheinlich ist es Verfolgungswahn, dachte ich, wahrscheinlich sehe ich Gespenster, aber ich sehe sie nun mal, was soll ich machen?

Die letzte Probe bei Johannes war im Grunde nicht viel anders verlaufen als die davor, nur war es eben die letzte gewesen, die Generalprobe, wie Johannes gesagt hatte, und zugleich der Abschied für eine lange Zeit. Wahrscheinlich sogar für eine sehr lange Zeit; denn daran, dass ich die Aufnahmeprüfung bestehen würde, zweifelte Johannes nicht. „Die Balser-Eberle wird dich nehmen", sagte er, „und die weiß schon, wie man durch die Prüfung kommt. Keine Angst, du schaffst es! So – und jetzt noch einmal alle drei Rollen hintereinander, erst den Moritz, dann den Dauphin und zum Schluss den Hamlet. Stell dir vor, es ist Prüfung. Unterbrechen ist verboten. Wenn du dich versprichst, musst du den Fehler irgendwie ausbügeln. Improvisation! Das kennst du doch vom Jazz. Also – bitte!"

Er klatschte in die Hände, und ich begann damit, ihm die Rollen vorzuspielen. Als ich fertig war, lobte Johannes vor allem meinen Moritz, den Hamlet nicht ganz so sehr, und am Dauphin hatte er noch dieses und jenes auszusetzen, so dass wir noch zwei Stunden daran arbeiteten, bis wir so erschöpft waren, dass wir uns wieder auf die Couch legen mussten.

„Lass uns nicht traurig sein", sagte Johannes.

Es war ein Satz von Hänschen Rilow aus *Frühlings Erwachen*, und ich musste unwillkürlich daran denken, dass das Hänschen und der Ernst, den ich in der Aufführung gespielt hatte, sich auf den Mund küssen sollten, was Dr. Ahrndt allerdings nicht zugelassen hatte, weil er keinen Skandal wollte. Ich musste auch daran denken, dass der Ernst darauf zu Hänschen Rilow sagt: *Ich liebe dich, Hänschen, wie ich nie eine Seele geliebt habe.*

Erwartete Johannes von mir, dass ich diesen Satz jetzt sagte? Eine Welle von Dankbarkeit und Zuneigung für Johannes, der in den vergangenen drei Wochen so selbstlos mit mir gearbeitet hatte, wollte mich dazu verleiteten, ich probierte es auch in Gedanken aus, aber ich brachte den Satz nicht über die Lippen.

Während ich noch darüber nachdachte, spürte ich Johannes' Wange an der meinen und roch den Duft seines Rasierwassers noch deutlicher als sonst. Es wurde ein wenig feucht in meinem Gesicht, ich nahm den Kopf zur Seite und sah, wie heiße Tränen an Johannes' Wangen hinunterliefen. Er tat mir leid, unendlich leid, und zugleich war ich in meinem Innersten froh, jetzt von ihm loszukommen. Aber da ich gewissermaßen schon fort war, schon *frei*, wie ich dachte, fühlte ich mich stark genug, Johannes zu trösten. Ich nahm seinen Kopf in beide Hände und streichelte ihn. Es war das erste Mal, dass ich ihn streichelte. Johannes seufzte wie erleichtert auf und streichelte nun auch mich, meinen Oberarm, meine Brust, sogar meinen Bauch. Es war nicht unangenehm, das nicht, und es wäre auch engherzig gewesen, wenn ich Johannes' Hand jetzt aufgehalten hätte, wo sie sich noch weiter nach unten tastete.

„Ich liebe dich", flüsterte Johannes, „ich liebe dich." Er nestelte am Reißverschluss meiner Hose herum, und ich ließ es geschehen, wobei ich an die Tante im Nebenzimmer dachte, an ihre dunkle, warme Stimme, an ihr weiches, flächiges Gesicht und an ihren Händedruck, der mir das Herz höherschlagen ließ.

So war die letzte Probe ausgegangen – und nun saß ich im Speisewagen und hatte den Verdacht, der ältere Herr wollte mich verführen. Umso größer war meine Erleichterung, als er sagte, ich möge nur schon vorgehen, er wolle noch in Ruhe seine Zigarre zu Ende rauchen und seinen Rotwein austrinken, er werde sich nachher so leise wie möglich verhalten. „Schlafen Sie gut, Herr Eleve!"

Und als der ältere Herr ins Abteil kam, schlief der Eleve bereits und träumte von einem großen Auftritt an der Wiener Burg.

Franzl

Das Misstrauen aber blieb. Ich hatte einen neuen Sinn hinzugewonnen, einen neuen Fühler, mit dem ich nun die Welt abtastete, nach beiden Richtungen übrigens, nach innen und nach außen. Bin ich jetzt schwul? fragte ich mich, obwohl ich es ja eigentlich hätte wissen müssen. Ich sehnte mich nicht danach, einen Mann zu umarmen oder von einem Mann umarmt zu werden, ich sehnte mich nach einer Frau, wenn auch nicht immer nur nach Meike Born. Und doch misstraute ich mir selbst und dachte, ich will zwar niemanden verführen, aber ich bin verführbar, das sehen mir die anderen an. Und so begann ich, die Blicke der Männer darauf zu überprüfen, ob sie mich verführen wollten.

Das tat ich auch, als ich am nächsten Tage *Franzl* gegenübersaß. Er war, das konnte ich seinen Worten entnehmen, als Kritiker und Stückeschreiber eine Größe in Wien. Äußerlich war er eher klein, mit grauem Stoppelhaar und slawischen Gesichtszügen. Über Pullover, Hemd und Hose trug er einen blaurot gestreiften Bademantel, weil ihm sonst in dem nur spärlich beheizten Atelier unter dem Dach eines Hauses am Dannebergplatz zu kalt gewesen wäre. Ich saß auf einem durchgesessenen Sofa, rechts von mir glühte der Ofen, links war ich der winterlichen Kälte ausgesetzt. Der halbe Raum war von einer im Zickzack gespannten Wäscheleine durchzogen, an der mit Wäscheklammern befestigt ungerahmte Bilder hingen, Aquarelle und Ölgemälde. Franzl hockte am Schreibtisch hinter einer alten Schreibmaschine und hämmerte, während wir miteinander sprachen, gelegentlich eine Dialogzeile aufs Papier, schnitt sie mit einer großen Schere aus und überklebte seinen Text damit. „I bin ja eigentlich schon fertig mit dem Stückl", sagte er, „aber i verbesser's noch a bisserl, es wird im Sommer uraufgeführt in der Josefstadt, i bin ja gut bekannt mit dem Leopold, von dem hast sicherlich schon g'hört, vom Leopold Rudolf. Er spielt die Hauptrolle."

Ich hatte von Leopold Rudolf noch nichts gehört, aber ich würde ihn mir so bald wie möglich auf der Bühne anschauen und natürlich auch die Burgschauspielerin, bei der ich, wenn sie mich denn nähme, sechs Wochen Schauspielunterricht bekommen sollte, zwei Stunden die Woche, zwölf Stunden bis zur Prüfung. Es sei alles vorbereitet und besprochen, sagte Franzl, die Balser-Eberle sei eine einflussreiche Frau am Reinhardt Seminar, sie gebe dort den Sprechunterricht und sei über die Grenzen Wiens hinaus berühmt für ihre Methoden. Als Schauspielerin sei sie vielleicht nicht ganz so überragend, kein Vergleich mit dem Leopold, der ein Genie sei (wirst sehen, er spielt gerade den Robespierre), aber sie sei doch eine gute Chargenspielerin, anerkannt und respektiert. „Wirst schon was bei ihr lernen", sagte er, „und weißt was? Wennst zu ihr hingehst, dann bringst ihr einen Blumenstrauß mit, das haben's gern, die Frauen in Wien. Hast du eine Freundin?" fragte er unvermittelt.

„Ich?", sagte ich verwirrt. „Nein, im Augenblick nicht."

„Oder bist vielleicht *ein Warmer*?"

Warum fragte er das? Musste ich auch vor ihm auf der Hut sein?

Aber es war wohl eher so, dass Franzl vor mir auf der Hut sein musste. Als er mir seine Bilder zeigte, die Aquarelle und die Ölgemälde, die wie alte Socken an der Wäscheleine hingen, ging ich mit blöden Augen an ihnen vorbei, ratlos wie immer, wenn ich allein, ohne Anleitung eines Anderen, vor etwas Gemaltem oder Gezeichnetem stand. „Erinnert an Kokoschka", sagte ich, weil mir nichts anderes in den Sinn kam.

„Ja?", machte Franzl erfreut. „Gell, das haben schon Einige gesagt. Ich kenne ihn ja, den Oskar. Bin recht gut mit ihm befreundet."

Ja, dachte ich in meinem von Johannes entlehnten Hochmut, aber wenn du malst wie Kokoschka, dann bist du ein Epigone, zweitrangig oder sogar drittrangig. Und dann dachte ich noch: Das musst du ihm jetzt sagen, sonst bist du verlogen, man muss ja immer die Wahrheit sagen, vor allem, wenn es um die Kunst geht. Und zugleich fiel mir ein, wie Johannes oft von der Malerei gesprochen hatte, und wie es ja auch im *Tonio Kröger* stand, vom *Künstlervölkchen*, das sein Talent nicht in den Dienst des Geistes stellte, sondern zu höherem Lebensgenuss missbrauchte, und ich sagte: „Nun ja, aber Kokoschka ist ein wahrer Künstler. Dies hier ist recht hübsch, das ja, aber es hat keine Größe."

„Nein?", sagte Franzl, und ich sah bestürzt – aber jetzt war es zu spät! –, wie viel Mühe es ihn kostete, seine gutmütigen Gesichtszüge davor zu bewahren, sich ins Ärgerliche und Beleidigte zu verzerren, „na ja, vielleicht hast sogar Recht. Ich schätze ja den Oskar auch höher ein als mich, als Maler, meine ich, ich bin ja vor allem Stückeschreiber und Poet."

Es entstand eine kleine Pause, in der Franzls gesamte künstlerische Existenz vor einer imaginären Jury zu stehen schien, seine Erfolge, sein Scheitern, seine Hoffnungen, seine Enttäuschungen. Bis er sich einen Ruck gab und ein wenig überhastet sagte: „Na, dann grüß mir die Frau Balser-Eberle. Beste Empfehlung meinerseits. Servus. Und vergiss die Blumen nicht."

Die Burgschauspielerin

Im Burgtheater wurde *Emilia Galotti* gegeben. Ich brachte der Burgschauspielerin rote und weiße Rosen in die Garderobe, wo sie sich auf ihren Auftritt vorbereitete. Sie war eine hoch gewachsene ältere Dame, die sich affektiert für die Blumen bedankte und mich, nachdem sie mich für den übernächsten Nachmittag zu sich bestellt hatte, rasch wieder entließ.

Spätestens nachdem ich die Vorstellung gesehen hatte, hätte ich mir eingestehen müssen, dass es ein Fehler war, bei dieser Frau Unterricht zu nehmen. Ich mochte sie nicht, und vor allem schätzte ich sie nicht. Genauso affektiert wie in der Garderobe stand sie auf der Bühne, mit einer so gekünstelten Sprache, dass ich dachte, sie spielt nicht die Rolle der Mutter von Emilia Galotti, sondern eine Sprechlehrerin, die so tut, als würde sie eine Rolle spielen. Ich war entsetzt, aber ich gestand es mir nicht ein. Stattdessen ging ich am übernächsten Nachmittag zu ihr und sprach ihr in ihrem Salon, inmitten von kostbaren Biedermeiermöbeln, die Rollen vor, die Johannes mit mir einstudiert hatte.

„Schön, schön", sagte die Burgschauspielerin mit gespitztem Mund, sie danke, das sei nicht übel gewesen, ich hätte durchaus Talent, sie stelle das nicht in Frage. Aber die Sprache, die Sprache! Es sei doch reichlich norddeutsch, wie ich spräche, ich s-tolperte ja sogar über den s-pitzen S-tein. Und dieses Träge, etwas Gequetschte, das der Norddeutsche nun einmal habe, sei beim besten Willen nicht zu überhören. „Das mögen wir hier in Wien nicht, sagte sie. Wenn du bei der Aufnahmeprüfung so sprichst, dann kommt das nicht gut an. Wir müssen daran arbeiten, versteh mich recht."

Nun, dazu war ich ja da. Was ich allerdings nicht verstand, war, dass sie mir nicht die Rollen ließ, die ich mit Johannes einstudiert hatte. Nur den Moritz durfte ich behalten, *ein Hamlet* sei ich nicht, sagte die Burgschauspielerin, und bitteschön, als Dauphin sehe sie mich auch nicht. Ich möge lieber den Naukleros lernen, aus *Des Meeres und der Liebe Wellen*, es sei ja ohnehin vonnöten, dass ich eine Rolle vom Grillparzer vorspräche. Die Wiener liebten ihren Grillparzer über alles, und wenn ich bei der Prüfung mit einem Grillparzer aufwarten könne, dann hätte ich schon halb gewonnen. Und dann vielleicht noch den Marchbanks aus *Candida* von Shaw? „Ja, bitteschön, diese beiden Rollen lernst du dann also bis zum Freitag", – es war Dienstag – „und dann schauen wir zu, dass wir sie in einem schönen, sauberen Hochdeutsch sprechen, nicht so gequetscht und gaumig und auch ohne über den spitzen Stein zu stolpern. Wird schon werden!"

Wie mache ich es mit dem Geld? Diese Frage hatte mich beinahe mehr beschäftigt als jede andere. Hole ich mein Portemonnaie heraus und zähle es ihr hin? Verpacke ich es diskret in einen weißen Umschlag und vertraue darauf, dass sie mir vertraut? Gebe ich es ihr vorher? Oder hinterher?

Ich hatte mich nach langem inneren Hin und Her für den weißen Umschlag entschieden. Den zog ich jetzt hervor. „Hier", sagte ich, „ich weiß nicht, wenn Sie nachzählen wollen ...?"

Ich hätte es anders machen sollen. Die Burgschauspielerin machte ein pikiertes Gesicht, sagte," jaja, leg's nur da hin", und zeigte auf die blankpolierte Biedermeierkommode.

Ich war erleichtert, als ich draußen war.

Die ersten Tage hatte ich in einer Pension am Ring gewohnt. Jetzt, wo ich, wenn alles gut ging, drei Jahre in Wien bleiben würde, brauchte ich ein Zimmer, möbliert und nicht zu teuer. Ich fand eines in der Gonzagagasse, in einem drei- oder vierstöckigen Mietshaus, je nachdem, ob man das *Mezzanin* mitzählte. Die Vermieterin war eine Frau Fuchs, *Graphologin* von Beruf, worauf ein angelaufenes Messingschild neben der Wohnungstür hinwies. *Beratung in allen Lebensfragen* stand noch auf dem Schild. Frau Fuchs war eine kleine, resolute Person, schwarz gekleidet, mit einer ebenfalls schwarzen Kappe auf dem Kopf, unter der die drahtigen, roten Haare wie Handfegerbürsten seitlich abstanden.

Das Zimmer, das sie mir zeigte, war ein schmaler Raum, möbliert mit einem düsteren, schwarzgrün gebeizten Kleiderschrank, einem Bett mit hoher Matratze und gelblicher, gehäkelter Überdecke sowie einem Waschtisch mit grauer Marmorplatte. Ich fand es grauenhaft, aber es war mir wichtiger, mich auf die Prüfung vorzubereiten, als meine Zeit mit weiterer Zimmersuche zu vergeuden. Ich zahlte der Frau Fuchs einen Vorschuss für zwei Monate, holte meinen Koffer aus der Pension und machte mich daran, meine Rollen zu lernen.

Am Anfang ging es gut voran. Ich lernte bis zur nächsten Stunde die Texte und führte, nachdem die Burgschauspielerin den Naukleros mit mir *angelegt* hatte, die einstudierten Gesten und Gänge aus, soweit der spärliche Platz zwischen Bett und Schrank es zuließ. Wieder und wieder schritt ich in meinem düsteren Zimmer auf und ab und deklamierte: *Leander, hör'! Machst du nicht auf? – Leander!*, also die Szene, in der Naukleros seinen verliebten Freund Leander vor seiner Hütte aufsucht, um ihn vor den Häschern des Heiligtums von Sestos zu warnen.

Mein größtes Problem dabei war, abgesehen von der Enge des Raumes, die Lautstärke. Mein Zimmer war vom Sprechzimmer der Frau Fuchs nur durch eine Schiebetür getrennt, und ich hatte Hemmungen, meine Stimme zu erheben, aus Angst, Frau Fuchs und ihre Kundschaft zu stören. Frau Fuchs kannte derlei Rücksichten nicht. Sie erhob durchaus ihre Stimme, und ich konnte oft nicht umhin, meine Beschäftigung mit dem Naukleros, dem Marchbanks oder dem Moritz zu unterbrechen und ihr bei ihrer Arbeit zuzuhören, die, so hörte es sich an, vor allem darin bestand, die Kunden für ihre Lebensführung zu verurteilen und sie nach Kräften dafür zu beschimpfen.

Nach zwei oder drei Wochen drängte Frau Fuchs mich dazu, ihr einen kleinen Text zu schreiben, um anhand dieses Textes ein graphologisches Gutachten für mich anzufertigen. Es kostete nichts und war niederschmetternd. Ich sei kein Schauspieler, sagte sie mir auf den Kopf zu, ich sei überhaupt kein Künstler, das Musische liege mir nicht. Ich solle mir die Sache mit der Aufnahmeprüfung noch einmal gründlich überlegen, ich würde mich damit nur unglücklich machen. Sie sehe das an meinem Schriftbild im Ganzen wie auch an allen einzelnen Bögen, Schleifen und so weiter. „Lassen's die Finger von der Kunst", sagte sie streng, „werden's Ingenieur, das liegt Ihnen." Und als ich protestierte und etwas von der Kunst als Daseinsform einwandte, von existentieller Entscheidung und davon, dass das Talent sich dann schon einstellen werde, fing sie nun auch an, mich auszuschimpfen. Sie könne es nicht mehr ertragen, rief sie aus, dieser Unverstand! Wie eigensinnig und verstockt die Menschen auf dem Recht bestünden, sich über sich selbst zu täuschen! Die Wahrheit liege offen auf der Hand, ganz wörtlich zu nehmen, in den Handlinien nämlich oder in der Handschrift! Durch seine Handschrift sei der Mensch für sie ein offenes Buch, sie habe sich noch nie geirrt, sie wisse, was mit den Menschen los sei, das sei ihre Gabe und ihr Fluch. „Ich kann's einem jeden sagen, wie er sein Leben führen muss", rief sie verzweifelt aus, „ich sag's den Menschen auch, sie kommen ja zu mir und fragen mich danach, aber wenn ich ihnen dann Auskunft geb' darüber, was sie tun müssen, um nicht in ihr Unglück zu rennen, dann gehen sie nach Haus und tun das Gegenteil. Es ist nicht zu ertragen! Ich weiß die Wahrheit, und sie wollen sie nicht hören. Ja, warum kommen sie dann überhaupt hierher? Dafür, dass ich ihnen Mut mache, weiter ins Unglück zu rennen? Ja, vielleicht sollte ich das tun, vielleicht täten sie dann auch das Gegenteil von dem, was ich sage, das wäre dann ja das Glück. Vielleicht sollte ich auch Ihnen, junger Herr, lieber sagen, dass sie ein begnadeter Schauspieler werden, ein Künstler, ein Genie, vielleicht hören Sie dann ja auch *nicht* auf mich und werden Ingenieur! Das sollten's nämlich, verstehen's? Aber bitte, ich will nicht länger stören, üben Sie nur weiter. Wann ist denn Prüfung?"

Prüfung war in zwei Wochen. Nicht mehr lange hin. Ich konnte es kaum noch erwarten. Meine Rollen hatte ich einstudiert, und die Burgschauspielerin lobte mich, weil ich jetzt nicht mehr über den spitzen Stein stolperte. „Schön, schön!", sagte sie immer häufiger in ihrem affektierten Tonfall, und ich wunderte mich nur manchmal, wie einfach alles war, gemessen an der harten Arbeit mit Johannes. Wie hatte ich mich da immer überwinden müssen; wie sehr hatte Johannes mich an meine Grenzen getrieben und darüber hinaus; und wie befreiend war es gewesen, wenn ich meine Hemmungen überwunden hatte! Hier, im Salon der Burgschauspielerin, gab es nichts zu überwinden, abgesehen von dem Widerwillen dagegen, schön und mit gespitzten Lippen zu sprechen.

Im Kaffeehaus

War man in Wien nur, um zu arbeiten?

Franzl, zu dem ich noch hin und wieder ging, obwohl mir mein törichtes Urteil über seine Bilder längst peinlich war, behauptete, die Wiener machten alles nur halb. Halbheit sei die geistige Grundhaltung Wiens, und wer hier lebe, der würde von diesem Geist der Halbheit unweigerlich erfasst, es habe noch niemanden gegeben, der sich dem hätte entziehen können.

Und was war mit Mozart? dachte ich. Oder mit Beethoven?

Aber was immer mit Mozart oder Beethoven gewesen sein mochte, ich jedenfalls war nicht derjenige, der sich dem Geist der Halbheit entzog. Ich mochte mir noch so sehr vornehmen, den ganzen Tag in meinem düsteren Zimmer zu bleiben und zu arbeiten, nichts als zu arbeiten, weil ich ein Künstler war und weil ein Künstler nicht *leben* durfte, sondern *ganz ein Schaffender* sein musste, wie es im *Tonio Kröger* hieß – , es wollte mir nicht gelingen. Hatte ich meine drei Vorsprechpartien zweimal oder, wenn ich sehr viel Geduld aufbrachte, dreimal geübt, dann hielt ich es in dem dunklen Loch nicht mehr aus, da konnte das Pflichtbewusstsein noch so sehr auf weiteren Übungsstunden bestehen. Das Verlangen danach, unter die Leute zu kommen, war stärker. Ich sprang die Treppen hinab ins Freie und tat, was der Legende nach alle Wiener taten: Ich ging ins Kaffeehaus.

Allein wie der Kaffee serviert wurde, mit dem Glas Wasser dazu, war für mich neu und aufregend. Und wenn ich mir *Zwei Eier im Glas* bestellt hatte und sie mit frischen Semmeln serviert bekam, dann hüpfte mein Herz vor Freude, weil es mir wie ein Fest der Freiheit vorkam, hier zu sitzen, die *Presse* oder den *Kurier* in den Händen zu halten und davon zu lesen, was die Sturmflut gerade in Hamburg angerichtet und wie der Regierende Bürgermeister Helmut Schmidt die Bundeswehr zur Hilfe herbei befehligt hatte. Vielleicht stand auch das Haus, in dem Meike Born wohnte, unter Wasser? Nun, das alles war weit weg, und Wien war jetzt mein neues Zuhause. Niemand verlangte von mir, abends um sieben nach Hause zu kommen, niemand schaute mich missbilligend an, wenn ich rauchte oder mit den Blicken eine Frau verfolgte. Kein Familiendiktat, kein Geistesdiktat, nur wunderbare Freiheit und eine Zukunft, in der mir künstlerisches Glück, Geld, Ruhm und damit auch die Gunst der Frauen beschieden sein würden. Was die anderen konnten, das konnte ich auch, ich fühlte es. Wenn ich am Abend ins Theater ging und sah, wie meine künftigen Kollegen auf der Bühne agierten, dann hatte ich das Gefühl, ich wüsste, wie sie es machten; sie hatten mir zwar diese oder jene Fähigkeit voraus wie Tanzen, Fechten oder Singen, aber das alles war erlernbar, und wenn ich erstmal auf der Schauspielschule wäre, dann würde ich es wohl auch bald können. Es gab allerdings einen, der mich weit mehr beeindruckte als alle anderen: den Leopold, von dem Franzl immer so geschwärmt hatte. Der hatte sie, die Aura des Genies! Ich sah seinen Robespierre in *Der arme Bitos oder die Revolution der Köpfe* von Anouilh, und ich hätte knien mögen vor diesem Mann. Das war ein Schauspieler, der mir die Tränen in die Augen trieb, weil er so ganz und gar in seiner Rolle aufging, und dabei so viel Einsamkeit ausstrahlte, dass es mir in die tiefsten Tiefen der Seele fuhr. Als ich das *Theater in der Josefstadt* verließ, hätte ich vor Bewunderung und zugleich nagendem Zweifel an meinem eigenen Talent laut losschluchzen mögen, und ich hätte es wahrscheinlich auch getan, mitten auf dem Bürgersteig im nächtlichen, winterkalten Wien, wenn ich nicht zugleich gedacht hätte, ich ahme nur Johannes nach, wenn ich das tue, also lasse ich es lieber. Aber wenn es ein Ziel gab, *aufs Innigste zu wünschen*, dann war es das: Ein Schauspieler zu werden wie Leopold Rudolf.

Das alles ging mir durch den Kopf, als ich jetzt im Kaffeehaus saß, das übrigens *Tosca* hieß und am Gürtel lag, zwischen Westbahnhof und Ostbahnhof. Und während ich den Kellner bat, mir noch eine *Melange* zu bringen, musste ich an Susi Nicoletti denken, die zu den Lehrerinnen des Reinhardt-Seminars gehörte.

Susi Nicoletti! Schon der Name war betörend. Ich hatte sie in der Verfilmung von *Felix Krull* gesehen, in der sie die Madame Hopflé spielte, die so reich war, dass sie es sich erlauben konnte, den Pagen Felix oder Armand, wie er sich in Paris nannte, erst zu verführen und dann mit Gold und Edelsteinen zu beschenken. Wenn ich an diesen Film dachte, dann konnte ich nicht umhin, mich in den Felix Krull hinein zu phantasieren.

Ach ja, von Susi Nicoletti verführt zu werden, das wäre schon was. Ich war beinahe sicher, dass es dahin kommen würde. Ich musste nur die Aufnahmeprüfung bestehen, dann wäre Susi Nicoletti meine Lehrerin.

Die Prüfung

Aber ach! Susi Nicoletti, die wirkliche Susi Nicoletti, war nicht so barmherzig mit mir wie im Film mit Felix Krull. Sie sah auch nicht so verführerisch aus wie die Madame Hopflé, sondern streng und unnahbar, mit zurückgestecktem Haar und schwarzgeränderter Brille. Ich war enttäuscht von ihr und sie von mir, wahrscheinlich wegen meines norddeutschen Akzents. Oder weil ich so unbegreiflich schlecht vorsprach, dass ich, noch während ich auf der Studiobühne des Max Reinhardt Seminars erst den Naukleros und dann den Marchbanks vortrug – zum Moritz kam ich nicht mehr – immer nur dachte, wie komme ich bloß von dieser Bühne herunter, wie komme ich bloß hier weg?

Die Burgschauspielerin kam, nachdem ich mit steifem Rücken und gefrorenen Gesichtszügen aus dem Studio stolziert war, hinter mir her, sagte, es täte ihr Leid, sie hätte auch nichts für mich tun können, es sei leider katastrophal gewesen, katastrophal! Ich sei, das wolle sie der Ehrlichkeit halber hinzufügen, vielleicht doch nicht so begabt, wie sie am Anfang gedacht hätte. Ob es nicht klüger wäre, wenn ich einen bürgerlichen Beruf ergriffe? „Vielleicht wirst besser Ingenieur?"

Ich floh aus dem Gebäude, irrte wie benommen durch die Straßen und Gassen hinter dem Westbahnhof und stieg schließlich in die Tram, um zum Dannebergplatz zu fahren, zu dem einzigen Menschen, dem ich mich anvertrauen konnte.

Franzl schien nicht besonders überrascht. Man konnte, wenn man wollte, sogar einen Anflug von Genugtuung aus seinen Worten heraushören. „Hast 'glaubt, es würd' alles reibungslos gehen, gell? Kommst nach Wien, und die Kaiserstadt liegt dir zu Füßen. Da hast dich halt getäuscht. In der Kunst geht überhaupt nichts reibungslos, sie ist ja eher das Feld der Niederlagen. Meinst etwa, ich hätt' keine Niederlagen erlitten?"

Nein, das meinte ich nicht. Aber was half mir das? Und vor allem: Was sollte ich jetzt machen? Ich hatte doch die

Kunst als Daseinsform gewählt und konnte nun nicht mehr zurück.

„Vielleicht wirst wirklich besser Ingenieur", sagte Franzl.

„Nein", sagte ich in einem Anfall trotziger Auflehnung, ich kann nicht mehr zurück.

„Was meinst damit: Du kannst nicht mehr zurück?"

„Na ja", sagte ich – und nun, nach einigen umständlichen Einleitungen, die Franzl geduldig ertrug, erzählte ich ihm alles: Von Johannes und dem Geist, von dem unüberbrückbaren Gegensatz von Bürger und Künstler und davon, dass ich endgültig mit dem Bürgertum gebrochen hätte. Und während ich davon erzählte, während ich zum ersten Mal in meinem Leben einem Menschen von Johannes und dem Geist erzählte, spürte ich, wie verquer dieses ganze Geistgetue war, wie hochmütig, wie anmaßend, wie überheblich. Und doch hatten mich eben dieser Hochmut und diese Anmaßung dahin geführt, dass ich jetzt auf Franzls durchgesessenem Sofa saß und mir nichts sehnlicher wünschte, als ein Schauspieler zu werden.

Als ich – es hatte eine oder zwei Stunden gedauert, ich hatte geredet und geredet, mich gewunden, mich geschämt, mich verflucht und mir gewünscht, ich könnte alles noch ein zweites Mal durchleben, weniger naiv, weniger indifferent, weniger passiv, weniger verführbar –, als ich mit meinem Geständnis am Ende war, gab es eine längere Pause, in der Franzl sich wieder und wieder mit der Hand durch die grauen Stoppelhaare fuhr und den Kopf schüttelte, bis er schließlich sagte: „Na, so ein Schmarrn."

Und, nachdem er sich eine Zigarette angezündet hatte, noch einmal: „So ein Schmarrn."

„Ja", sagte ich, „es ist ein Schmarrn. Aber ich kann nicht mehr zurück. Ich muss jetzt Schauspieler werden, ich muss es, und ich will es."

Dafür hatte Franzl, wie es schien, Verständnis. Wenn einer etwas unbedingt wollte, dann schaffte er es vielleicht ja auch. Sollte man ihm nicht eine zweite Chance geben?

Der Leopold

Die zweite Chance hieß Leopold Rudolf. Franzl rief ihn an, und er war bereit, sich meiner anzunehmen. Ich traf ihn im Foyer des Theaters in der Josefstadt. Es war Nachmittag, die Proben waren zu Ende, die Kasse geschlossen, niemand da, nur der Leopold und ich. Unscheinbar sah er aus, viel kleiner, als auf der Bühne, mit tiefen Sorgenfalten im Gesicht, mürrisch und kurz angebunden.

„Weiß schon, weiß schon", sagte er, als ich ihm meine Lage erklären wollte. „Was hast du denn vorgesprochen?"

„Den Moritz, den Marchbanks und den Naukleros."

„Dann machst jetzt mal den Naukleros."

Ich machte den Naukleros, so wie Frau Balser-Eberle ihn mit mir einstudiert hatte. Ich suchte mir eine Säule, die Leanders Hütte bedeuten sollte, schritt mit edlem Gestus auf sie zu, breitete die Arme aus und sprach mit vornehm gespitzten Lippen: *Leander! Hör! – Machst du nicht auf?*

„Halt", unterbrach der Leopold.

„Es geht aber noch weiter", sagte ich.

„Weiß schon, weiß schon", sagte der Leopold. „Aber mir hat's gereicht. Seh schon, was sie mit dir gemacht hat, die Schnepfn. Hast ihr vermutlich auch noch ein Geld dafür gegeben. Es ist eine Schand. – Also, jetzt überleg mal, wie die Situation von dem Naukleros da ist. Wo kommt er her? In was für einer Lage ist er? Was will er vom Leander? Nun?"

„Nun ja", sagte ich, „es ist morgens, und der Naukleros sucht seinen Freund, weil der in äußerster Gefahr ist. Die Häscher vom Heiligtum in Sestos sind hinter Leander her, weil er in der Nacht bei Hero gewesen ist und Hero ja zur Priesterin geweiht wurde und deswegen keinen Herrenbesuch empfangen darf. Für Leander steht darauf die Todesstrafe, und nun kommen sie, um ihn zu holen."

Gut, sagte der Leopold, aber von äußerster Gefahr und Sorge um Leanders Leben habe er in meinem Spiel nichts gespürt. Außerdem: Wo kommt denn der Naukleros gerade her?

„Das steht da nicht drin", sagte ich.

„Doch, doch", sagte der Leopold, „es steht zwischen den Zeilen. Du musst nur genau hinlesen. Aber zuallererst musst du dir diese Frage stellen, verstehst? Auf die Fragen kommt's an. Woher weiß der Naukleros denn überhaupt, dass die Häscher hinter dem Leander her sind?"

„Man hat es ihm erzählt", sagte ich. *„An unserem Ufer hat man ihrer schon gesehen,* heißt es im Text."

„Na, da schau er. Sie sind also mit dem Schiff herübergekommen. Also hat er's vielleicht im Hafen gehört. Und nun will er den Leander warnen. Wie macht er denn das?"

„Na ja, er geht zu ihm und sagt's."

„Er geht? Er sagt? Ach geh! Er rennt, er schreit! Er rennt, so schnell ihn seine Beine tragen, zu Leanders Hütte, er hat ja Angst um ihn, er muss ihn retten, bevor die Häscher ihn finden, er rennt, er stolpert, er rappelt sich auf, rennt weiter, und wenn er ankommt, ist er außer Atem, verschwitzt, die Haare stehen ihm vom Kopf ab, das Herz schlägt bis zum Hals, und er hat keine Zeit, vornehme

Gesten zu machen und edel seinen Mund zu spitzen, als wäre er eine Sprechlehrerin am Reinhardt-Seminar, im Gegenteil, er schreit, er trommelt mit den Fäusten gegen die Hütte, um den Freund zu retten. Es geht um Alles oder Nichts, um Leben und Tod, verstehst? So. Und jetzt gehst nach draußen, rennst ein paar Mal vor dem Theater auf und ab, so schnell du kannst, und dann kommst hier herein und trommelst mit den Fäusten gegen die Säule da! Und dann schreist: Le-an-der! Höööööööör! – Na, und so weiter. Verstanden?"

Oh ja, das hatte ich. Normalerweise hätte ich mich zu Tode geschämt, wie ein Besessener vor dem Theater auf und ab zu laufen, aber ich konnte mir nicht mehr erlauben, mich zu schämen. Wenn ich jetzt nicht um mein Leben rannte, dann war endgültig Schluss mit der Schauspielerei. Ich lief hinaus auf die Josefstätter Straße und dachte, ich bin jetzt der Naukleros, ich komme vom Hafen, mein Freund Leander ist in äußerster Gefahr, ich muss ihn warnen. Leander, pass auf, die Häscher sind hinter dir her! Nur konnte ich mir diesen Leander immer noch nicht vorstellen, ich hatte keine Ahnung, wie er aussah, ich fühlte nichts für ihn, er war mir gleichgültig, ich musste irgendjemand anderen an seine Stelle setzen, Kai, dachte ich, oder Johannes. Johannes hör! Machst du nicht auf? Das passt ja sogar rhythmisch, Leander Johannes Leander Johannes, wach auf, die Häscher sind hinter dir her, weil du verbotener Weise Hero besucht hast! Das passte natürlich überhaupt nicht zu Johannes, aber darauf sollte es jetzt nicht ankommen, und soviel war sicher: Ohne Johannes hätte ich mit der Kunst und dem Theater niemals etwas zu tun gehabt, er war es, der mich auf diesen Weg gebracht hatte, und nun konnte ich nicht mehr zurück, ich muss es schaffen, dachte ich, ich muss es schaffen. Ich war inzwischen so außer Atem, dass ich dachte, es ist soweit, jetzt laufe ich hinein, da sind ja schon die Stufen, da ist der Eingang, ich bin jetzt der Naukleros, ich komme zur Hütte meines Freundes, ich muss ihn retten, ich hoffe, es ist nicht zu spät! Ich stürzte auf die Säule zu, die die Hütte bedeutete, trommelte mit den Fäusten dagegen und schrie: *Le-an-der! Hööööör!* Und während ich an der Säule rüttelte, kam ein verzweifeltes, ärgerliches, halb gefluchtes *Machst du nicht auf!* aus mir heraus, das weder mit gespitzten Lippen noch sonstwie schön gesprochen war, aber es war echt, ich spürte es, ich war tatsächlich *in der Situation.*

„Schau her", sagte der Leopold, als ich mit der Vorsprechpartie fertig war, „das ist der ganze Unterschied."

Und in diesem Augenblick wusste ich, was Schauspielerei war.

Am nächsten Tag räumte ich das Zimmer bei der Graphologin Fuchs, verabschiedete mich von Franzl, dankte ihm für seine Hilfe und nahm den Zug nach München. Ich gab meinen Koffer bei der Gepäckaufbewahrung ab und fragte mich zu den Kammerspielen durch. Leopold Rudolf hatte mir einen verschlossenen Brief mitgegeben, adressiert an Gerd Brüdern, den Direktor der Otto Falckenberg-Schule. Der Direktor, ein mächtiger Mann mit einer Beinprothese, las den Brief, nickte bedächtig, ging mit mir auf die Probebühne, ließ sich zwei Rollen vorsprechen (den *Moritz Stiefel* und den *Dauphin,* den *Hamlet* könne er nicht mehr hören, sagte er) und forderte mich auf, in zehn Tagen wiederzukommen, dann sei Aufnahmeprüfung. Die Bewerbungsfrist sei bereits abgelaufen, „aber wir machen eine Ausnahme. Bedank dich dafür bei meinem Freund, dem Leopold."

Nervenzusammenbruch

Gleich nach dem Vorsprechen rief ich Johannes an, schilderte ihm meine Situation und sagte, dass ich nicht wüsste, wie ich mich jetzt auf die Prüfung vorbereiten sollte.

„Komm doch für eine Woche zu mir", sagte Johannes. „Wir proben dann deine Rollen. Wenn wir jeden Tag arbeiten, dann schaffst du das."

Das war genau das, was ich mir erhofft hatte. Aber wo schlafe ich? dachte ich. Zu meinen Eltern wollte ich nicht gehen. Ich wollte ihnen nicht einmal erzählen, dass ich nach Hamburg käme. Ich hätte nicht arbeiten können, wenn ich bei ihnen gewohnt hätte, in dieser niederdrückenden Atmosphäre, mit dem selbstherrlichen oder gönnerhaften Gebaren meines Vaters und dem immer nur Maß und Mäßigung fordernden Blick meiner Mutter. Ich konnte vor der Prüfung nicht mehr zu ihnen, sonst wäre ich verloren, das wusste ich.

„Du kannst doch hier wohnen", sagte Johannes. „Ich frage die Tante, ob sie uns ihr Zimmer gibt."

Und wo schlafe ich dann? dachte ich. Auf dem Boden? Oder im selben Bett mit ihm? Mir wurde ganz unheimlich bei dem Gedanken, aber ich hatte keine andere Chance. Ich brauchte Johannes, nur noch dies eine Mal! Wenn ich die Prüfung bestanden hätte und auf der Schauspielschule wäre, dann wäre ich frei.

„Gut", sagte ich, „ich komme dann mit dem Nachtzug."

Johannes holte mich frühmorgens vom Bahnhof ab. Er war ganz aufgedreht vor Freude, umarmte mich und bot mir an, meinen Koffer zu tragen, was ich entschieden ablehnte. Ich war von Anfang an darauf bedacht, mich gegen seine Fürsorglichkeit zu wehren. Als er mir beim

Frühstück das Pflaumenmus empfahl, aß ich es gerade nicht. Als er mir nahelegte, mich nach der langen Zugfahrt zu duschen und die Kleidung zu wechseln, sagte ich, das sei nicht nötig, ich sei ja im Schlafwagen gefahren und hätte mich im Zug gewaschen. Aber als er einen Spaziergang vorschlug, weil die Großmutter schon wieder mit dem Staubsauger herumfuhrwerkte, willigte ich ein.

Es war ein sonniger Märztag, die Forsythien blühten, die Luft roch frisch und frühlingshaft.

Ich erzählte Johannes noch einmal ausführlich, wie es mir in Wien ergangen war, von Franzl, der Balser-Eberle, der Witwe Fuchs und dem Theater- und Kaffeehausleben. Er selbst nahm inzwischen Unterricht bei Rolf Nagel, einem Schauspieler vom Thalia Theater, und äußerte sich sehr lobend über ihn. Der sei zwar kein Genie, sagte er, aber handwerklich könne man von ihm eine Menge lernen.

Noch am selben Nachmittag fingen wir an zu arbeiten. Johannes hatte tatsächlich sein Zimmer mit dem der Tante getauscht, das größer war als seines. Wir stellten die Möbel so um, dass vor dem Fenster ein freier Bühnenraum entstand, dann sprach ich Johannes meine Rollen vor. Es war nicht gut, das spürte ich selbst, aber ich war froh, dass ich es spürte und so nach und nach ein Gefühl dafür bekam, was stimmig war und was nicht.

Wir arbeiteten vier, fünf Stunden hintereinander, solange die Konzentration reichte. Und wieder war es aufregend und so voller Überraschungen, dass ich oft staunte und mein Glück kaum fassen konnte, einen so guten Lehrer zu haben, Johannes war wirklich ein Genie.

Am Abend gingen wir in eine Gastwirtschaft in der Kieler Straße. Ich war inzwischen todmüde, konnte kaum noch meine Augen offenhalten, aber ich trank mein Bier nicht aus, weil ich mich davor fürchtete, mit Johannes zurück in die Wohnung zu gehen. Es war klar, dass wir jetzt eine Woche in seinem Zimmer übernachten würden oder, um genau zu sein, im Zimmer der Tante.

Es gab darin ein großes Doppelbett mit blütenweißen Laken und Bezügen, die frisch und sauber rochen. Wenn ich nun aber gefürchtet hatte, Johannes würde gleich über mich herfallen, dann hatte ich mich, wie ich zu meiner großen Erleichterung feststellte, getäuscht. Johannes lag auf der rechten Seite, ich auf der linken, zwischen den Matratzen klaffte ein Spalt, und alles, was an Berührung zwischen uns vorkam, war, dass Johannes, als wir einander Gute Nacht sagten, meine Hand suchte und sie zärtlich drückte.

Wenn es so ist, dachte ich, dann ist es ja gut. Eine Welle der Dankbarkeit und des Wohlwollens durchflutete mich, und ich kam beinahe in Versuchung, mich zu Johannes hinüberzubeugen, und ihn auf die Stirn zu küssen.

Am nächsten Morgen und am nächsten Nachmittag arbeiteten wir je drei Stunden, mehr war nicht drin. Zwischendurch tranken wir Tee, aßen Käse- oder Marmeladenbrote, und abends gingen wir wieder in die Gastwirtschaft und malten uns unsere gemeinsame Zukunft aus. Das heißt, Johannes malte sie aus – ich malte nur pro forma ein bisschen mit. Auf allen großen Bühnen stehen wollte ich natürlich auch – in Berlin, in München, in Hamburg, in Wien –, aber während Johannes davon schwärmte, wie wir als Schauspieler- und Regiegespann die Welt erobern würden – denk nur an Jean Cocteau und Jean Marais! –, uns wechselseitig inspirierend und in höchste Höhen steigernd, sah ich mich immer nur allein dort oben stehen, mit anderen Kollegen, anderen Regisseuren, ohne Johannes. Das Schauspieler- und Regiegespann war sein Traum, nicht meiner.

Am zweiten Abend begann Johannes nun doch, mich ein wenig zu streicheln, nicht nur die Hand, sondern auch den Bauch. Es wäre mir lieber gewesen, wenn er mich vor dem Einschlafen noch meinen eigenen Gedanken hätte nachhängen lassen, aber dass mir das Gestreicheltwerden gänzlich unangenehm gewesen wäre, könnte ich nicht sagen. Ich wollte es nicht, ich war nicht darauf aus –, aber, so dachte ich, unangenehmer als die Sache selbst, ist der Gedanke, dass es schwul ist, und dass ich, wenn ich mich nicht dagegen wehrte, womöglich noch *am anderen Ufer* landete. Was mich beruhigte, war nur, dass ich selbst wenig Neigung hatte, Johannes ebenso zu streicheln.

Ich tat es aber doch. Noch nicht am zweiten Tag, aber am dritten. Johannes verlangte es von mir. Er sagte das nicht ausdrücklich, er sagte nicht *Ich verlange es* oder *Wenn du es nicht tust, dann arbeite ich nicht mehr mit dir,* aber es lief darauf hinaus. Johannes arbeitete mit mir, weil er mich liebte, und da ich die Arbeit von ihm annahm, musste ich auch seine Liebe annehmen. So dachte ich. Und war ich, wenn ich seine Liebe annahm, nicht auch verpflichtet, sie zu erwidern?

Johannes spürte, dass ich ihn nicht liebte. Er ahnte, dass ich nur nach Hamburg gekommen war, weil ich ihn brauchte, nur dieses eine Mal noch, und dann nie wieder. Und je mehr er spürte, dass er mir mit jedem Arbeitstag, jeder Arbeitsstunde, jeder Arbeitsminute das Rüstzeug dazu verschaffte, ihn für immer zu verlassen, desto verzweifelter versuchte er, körperlich von mir Besitz zu ergreifen.

Ich gab ihm, soviel ich konnte, aber was immer ich tat, es war nicht genug. Er konnte dies oder jenes von mir verlangen, aber er konnte mich nicht zwingen, ihn zu lieben. Ich konnte mich auch selbst nicht dazu zwingen.

Liebe lässt sich nicht *wollen*. Und je mehr ich in Johannes' Berührungen, in seinen Blicken, in seinen Seufzern und seinem Stöhnen die Not, die Angst, ja, eine kaum noch zu bändigende Panik gewahrte, desto mehr fühlte ich mich abgestoßen von diesem manchmal sogar schluchzenden Mann neben mir. Ich hasste ihn. Ich nahm mich zusammen und wollte es nicht zeigen, aber ich hasste ihn. Ich zählte die Tage, die Stunden. Nur noch drei Tage, nur noch zwei, nur noch die Arbeit am Hamlet – dann bin ich frei.

Und dann kam der Moment, in dem Johannes das Eine forderte, das, was ich niemals und unter keinen Umständen zulassen wollte. Johannes verlangte es zunächst bloß spielerisch, im Scherz, aber ich verstand in dieser Hinsicht keinen Spaß.

„Nein", sagte ich. „Das möchte ich nicht."

„Warum nicht?" flüsterte er. „Du kennst es doch noch gar nicht."

„Nein", sagte ich. „Bitte nicht."

„Du liebst mich nicht", sagte er, nachdem es eine Weile so hin und her gegangen war. „Sag es nur. Ich weiß es sowieso."

„Ich darf dich nicht lieben", sagte ich. Mir fiel die Vorlesung wieder ein, in dem wir zusammen gewesen waren, der Vortrag des Privatdozenten über die Knabenliebe. Damals hatte ich diesen Vortrag als Bedrohung empfunden, jetzt war er die Rettung. Ich war ja bereit, die Rolle des *Eromenos* anzunehmen, aber sollte der vom Erastes geliebte Knabe nicht unbeteiligt bleiben? War es nicht so gewesen bei den Athenern?

„Nun ja", sagte Johannes, und seine Stimme war verzerrt von der Qual, über etwas argumentieren zu müssen, das von Herzen kommen sollte –, „es gab die attische

Knabenliebe und die dorische. Ich bin mehr für das dorische Modell."

„Ich nicht", sagte ich.

„Ach, komm", sagte Johannes, indem er versuchte, sich über alle Hemmnisse und Bedenken hinwegzusetzen, „lass es mich doch einmal machen, ein einziges Mal nur, bitte!"

In Gottes Namen denn, war ich versucht zu denken, und als Johannes wieder begann, mich zu streicheln und mich dazu brachte, mich auf den Bauch zu legen, ließ ich es zunächst sogar zu. Doch dann, als ich Johannes' über mir spürte und auf einmal wusste, wenn ich mich jetzt nicht wehre, dann wird etwas geschehen, das eine ewige Demütigung für mich sein wird, etwas, das niemals wieder gutzumachen ist – da stieg eine unbändige Wut in mir auf, eine Wut darüber, dass Johannes nicht wahrhaben wollte, wie ich war und wie ich fühlte, und auch darüber, dass ich ihm selbst so lange aus Schwäche und Abhängigkeit Liebe in Aussicht gestellt hatte, wo doch nur Bewunderung, Neugier, Interesse und ja, auch Berechnung gewesen waren.

„Ich hasse dich!" stieß ich hervor, „ich hasse dich!" Es kam so kalt und böse aus mir heraus, wie ich noch nie in meinem Leben etwas gesagt hatte.

„Was?" sagte Johannes bestürzt.

„Du widerst mich an!"

Ich wand mich unter ihm hervor und verließ das Bett. Was ich gesagt hatte, kam mir gleich darauf schon wieder theatralisch vor, als hätte ich genauso gut etwas anderes sagen können, als wäre es Teil eines Spiels, einer Rolle, eines Theaterstücks. Man konnte ja alles machen, man konnte weinen, lachen, flüstern, schreien, schluchzen, fluchen, ganz nach Belieben. Man konnte auch sagen *Ich hasse dich, du widerst mich an* und gleich darauf lachen und ein anderes Gesicht aufsetzen und fragen: Wie war ich? Zumal so ein Satz wie *Ich hasse dich, du widerst mich an* schon Millionen Mal auf der Bühne oder im Film und natürlich auch auf der sogenannten Bühne des Lebens gesagt worden war, so oft, dass man ihn eigentlich nicht mehr ernst nehmen konnte. *Ich hasse dich, du widerst mich an*, das war so ein Satz aus dem Menschheitsrepertoire. Wahrscheinlich lachte Johannes auch darüber, klang es nicht wie ein Lachen?

Es war wie damals in der halbdunklen Aula nach der Premiere von *Frühlings Erwachen*. Nur dass das Schluchzen diesmal nicht mehr aufzuhalten war, auch nicht dadurch, dass ich wie damals flüsterte: Was ist denn? Was ist denn los?

Ich wusste ja, was los war. Aber trotzdem: Warum hörte Johannes nicht auf? Wollte er nicht, konnte er nicht? Nicht so laut! hätte ich am liebsten geflüstert, nicht so laut, das ist doch peinlich, was soll denn die Tante denken?

„Hey", sagte ich. „Ich hab's nicht so gemeint. Es ist mir nur so rausgerutscht. Hey! Es ist ja gut. Komm, sei doch ruhig!"

Oder spielte Johannes mir nur etwas vor? Bei ihm wusste man ja auch nie. Vielleicht sagte er gleich wieder diesen Satz von Heinrich George, Alles-nur-Technik – alles-nur-Technik. War es nicht so?

Doch, ja, er sagte etwas. Was war es? Was sagte er?

„Ich-habe-dir-alles-gegeben – ich-habe-dir-alles-gegeben."

Das Schluchzen wurde so laut, dass die Tante wach wurde und an die Tür klopfte. Ich zog meinen Schlafanzug an und öffnete.

„Was ist passiert?" fragte die Tante.

„Ich weiß nicht", sagte ich.

Johannes wimmerte und hielt sich den Magen. Die Tante setzte sich zu ihm und legte ihre Hand auf seine Stirn. „Jo-han-nes", sagte sie mit ihrer dunklen, warmen, leicht angerauten erotischen Stimme, das A ganz langgezogen und auf dem doppelten N verweilend, „Jo-han-nes, Lieber, sei doch ruhig. Sei ruhig."

Aber Johannes konnte sich nicht mehr beruhigen. Nicht aus eigener Kraft. Auch die Stimme der Tante beruhigte ihn nicht. Nachts um eins kam der Notarzt. Er fühlte Johannes' Puls und gab ihm eine Beruhigungsspritze. „Nervenzusammenbruch", sagte er.

„Was haben Sie mit ihm angestellt?" fragte die Tante, als der Arzt gegangen war.

„Ich weiß nicht", sagte ich. „Ich glaube, ich bin nicht gut für ihn. Ich fahre morgen ab."

Am liebsten hätte ich noch gesagt: Ich will nicht mehr in dieses Zimmer zurück, kann ich nicht bei Ihnen schlafen?

Am nächsten Morgen packte ich meine Sachen und verabschiedete mich. Johannes nahm es apathisch hin. Wahrscheinlich wirkte die Spritze noch. Als ich ihm zum Abschied die Hand gab, flüsterte er etwas, das ich nicht verstand.

Erst später, als ich schon unten auf der Straße war und zum Bahnhof ging, klangen die Worte deutlicher in meinen Ohren nach: *Du wirst deinen Weg machen. Du gehst über Leichen.*

Na schön, dachte ich, dann ist es eben so.

Ich fuhr nach München und ...

INTERCITY-INTERMEZZO

Seltsamer Zufall, dachte ich. Ich lese diesen Satz und fahre tatsächlich nach München. Nur dass der, von dem ich lese, sich von Johannes fortbewegt, während der, der ich jetzt bin, sich zu ihm hinbewegt, wenn auch nur zu seiner Beerdigung.

Ich war nicht mehr sicher, ob es die richtige Entscheidung war. Vielleicht hätte ich in Berlin bleiben oder wenigstens das Manuskript zu Hause lassen sollen. Es wühlte alles wieder in mir auf. Sogar der Hass kam zurück, der Hass auf diesen übermächtigen Freund mit seinem genialen komödiantischen Talent, seiner geistigen Überlegenheit, seiner Suggestionskraft – und ja, auch der Hass auf mich selbst, weil ich mich auf seine Liebe eingelassen hatte. Warum hatte ich das getan? Weil er mich verzaubert hatte? Um von ihm zu lernen? Ja, ich hatte von ihm gelernt. Und auch wenn ich das geistige Korsett, in das er mich eingeschnürt hatte – die Welt der Gegensätze – längst gesprengt hatte, so hatte es mich doch lange belastet, dass ich nur durch die Begegnung mit Johannes der geworden war, der ich bin. Was immer ich später dachte oder tat, es geschah auf Basis der Entscheidungen, die ich unter seinem Einfluss gefällt hatte. Ich glaubte längst nicht mehr an die *Daseinsform* des Künstlers und an den *ewigen Gegensatz von Geist und Natur*, es war ein *Schmarrn*, wie Franzl gesagt hatte, aber hinter meine von diesem Denken beeinflussten Entscheidungen konnte ich nicht mehr zurück.

Aber der Hass, der jetzt zurückkam, richtete sich nicht gegen Johannes, weil er mich beeinflusst hatte, im Gegenteil, ich war ihm dankbar dafür. Ich hasste ihn, weil er mich nicht freigelassen hatte, sondern verflucht.

Du wirst deinen Weg machen. Du gehst über Leichen.

Ja, es war ein Fluch.

Ich hätte mir, dachte ich jetzt, nichts sehnlicher gewünscht, als Johannes als Freund und Lehrer zu lieben, anstatt, wann immer ich an ihn dachte, dieses Gefühl von Enge und Verstocktheit in meiner Brust zu fühlen. Ja, ich hätte mir gewünscht, ihn lieben zu dürfen, ohne sein Geliebter zu sein. Warum hatte er mich nicht akzeptieren können, wie ich war? Liebe darf doch niemanden zwingen! Ich glaube, wenn ich mich nicht in letzter Sekunde gegen die *Penetration* – das Wort zu gebrauchen hatte ich, als ich die Geschichte schrieb, noch nicht den Mut –, gewehrt hätte, dann wäre ich daran zerbrochen. Ich glaube wirklich, es hätte mich zerstört. Nicht, weil ich etwas gegen schwulen Sex habe, das hatte ich auch damals nicht, sondern weil ich mir diesen Sex nicht wünschte.

DAS MANUSKRIPT (SCHLUSS)

Ich fuhr nach München und bestand die Prüfung.

Besonders der Moritz habe ihm gut gefallen, sagte der Direktor. Alle Achtung! Ich war überglücklich. Ich fühlte mich frei wie nie. Als ich mit dem *Bestanden* im Kopf das alte, baufällig wirkende Gebäude der Schauspielschule verließ, sah ich eine junge Frau, die mir schon drinnen aufgefallen war, als wir noch auf unser Vorsprechen gewartet hatten. Sie trug ein sandfarbenes Kostüm aus feinem Cord-Stoff, darunter einen dünnen schwarzen Rollkragenpullover. Ich hatte sofort gesehen, dass sie einmal ein Star werden würde, sie hatte diese Aura.

Jetzt stand sie vor der Schule auf dem Bürgersteig, rauchte eine Zigarette, die in einer hölzernen Zigarettenspitze steckte und schien unschlüssig, was sie jetzt tun sollte.

„Wie ist es gelaufen", fragte ich.

„Ich habe bestanden", sagte sie. „Und du?"

„Ich auch."

„Dann sind wir ja jetzt Kollegen."

„Ich heiße Ben", sagte ich.

„Edith", sagte sie.

Sie führte die Zigarette mit der hölzernen Spitze zum Mund, nahm einen Zug und blies den Rauch in meine Richtung. Ich atmete, was davon bei mir ankam, mit gespielter Begierde ein. Sie lachte. Es war ein hohes, glucksendes, beinahe ein wenig irres Lachen.

„Komm", sagte ich, „lass uns feiern."

„Ist gut", sagte sie. „Wo?"

„In der Kulisse", sagte ich. „So heißt hier das Theater lokal."

Ich legte meinen Arm um sie. Sie ließ es geschehen. So gingen wir vor zur Maximilianstraße und suchten uns einen Tisch in der *Kulisse*.

EPILOG

Als ich in die Kapelle kam, hatte der Gottesdienst schon begonnen. Ein Streichquartett spielte etwas aus der *Kunst der Fuge* von Johann Sebastian Bach. Dann kam die Predigt, und meine Gedanken schweiften ab. Ich dachte an die Beerdigung meines Bruders.

Ich war bei meiner Schwägerin gewesen, als der Pfarrer kam und einige Informationen über meinen Bruder erbat, die er für seine Predigt verwenden könnte. Während er mit meiner Schwägerin sprach, setzte ich mich an mein Notebook und schrieb zwei Seiten mit Erinnerungen an meinen Bruder. Wer war er? Was war das Besondere an ihm. Was bedeutete ihm sein Leben? Es waren bloße Assoziationen, unzusammenhängendes Zeug, ich dachte, der Pfarrer würde sie als Inspiration für seine Predigt benutzen – doch wie entsetzt war ich, als er ein paar Tage später in der Kirche fast wörtlich ablas, was ich nur hastig hingeworfen hatte.

So ähnlich kam es mir jetzt auch vor. Der schwarz gekleidete Mann da vorn hatte keine Ahnung, wer Johannes war. Ein großer Schauspieler, nun ja. Aber sonst?

Nach der Predigt gab es wieder Musik, dann das Vaterunser und das Glaubensbekenntnis. Ich sprach es nicht mit. Ich habe einige Male in meinem Leben versucht, zum Glauben zu finden, es ist mir nicht gelungen.

Wir schritten hinter dem Sarg her zum Grab. Ich dachte an die Beerdigung meiner Schwester. Es hatte in Strömen geregnet. Der Pfarrer war der erste gewesen, der sich davonstahl.

Heute aber war ein sonniger Frühlingstag. Noch ein paar Tage, und Johannes wäre achtzig geworden. Seltsam, die Menschen sterben oft kurz vor oder nach ihrem Geburtstag. Manche treffen ihn sogar genau. Mein Vater wurde siebenundsiebzig Jahre alt. An seinem Geburtstag hörte er sich die Lobreden der Gäste an, verabschiedete einen nach dem anderen, und als der letzte Gast gegangen war, fiel er auf den Rücken.

Wenn einer stirbt, dann denkst du an die anderen, die gestorben sind, als sähest du sie alle dort stehen, auf der anderen Seite des Flusses. Und du denkst unwillkürlich: noch lebe ich! Es kommt dir vor wie ein Sieg (wenn du nicht einer von denen bist, die sich ein schlechtes Gewissen daraus machen). Johannes war zwar ein Genie, aber ich habe ihn überlebt, so dachte ich.

Es waren vielleicht fünfzig Trauergäste, die hinter dem Sarg her gingen und sich in einem Pulk um das Grab herum gruppierten. Der Pfarrer sagte noch einmal einen Spruch auf, der Anführer der Sargträger gab das Kommando (ich habe es oft gehört und nie verstanden), und der Sarg wurde in die Grube hinabgelassen.

Alas, Poor Yorick.

Die Witwe stand am Grab und nahm die Beileidsbezeigungen der Trauergäste entgegen. Sie trug schwarze Handschuhe und ein schwarzes Kostüm. Keinen Hut. Keinen Schleier. Sie weinte auch nicht. Vielleicht hatte sie schon genug geweint. Aber was wusste ich schon über ihr Verhältnis zu Johannes. Seltsamerweise kam sie mir bekannt vor, als hätte ich sie schon einmal gesehen.

Ich war einer der letzten, die ihr kondolierten. „Sie sind Benjamin", sagte sie, als ich vor ihr stand. „Verzeihen Sie, dass ich Sie so anrede, aber ich kenne Sie eigentlich nur bei ihrem Vornamen. Ich danke Ihnen, dass Sie gekommen sind. Bitte warten Sie einen Augenblick auf mich, ich habe noch etwas für Sie." Und damit wandte sie sich dem nächsten Trauergast zu.

Ich entfernte mich ein paar Schritte und sah von weitem, wie sie die Kondolenz der noch übrigen Trauergäste entgegennahm. Und während ich zusah, fiel mir auf einmal ein, an wen sie mich erinnerte. Schon ihre Stimme am Telefon hatte mich an Johannes' Tante erinnert. Und nun war es auch ihr Äußeres.

„Ich habe das Gefühl, als wären wir uns schon einmal begegnet", sagte ich, als sie den letzten Trauergast verabschiedet hatte und zu mir kam.

„Ich sehe seiner Tante ähnlich", sagte sie mit einem kurzen Lächeln. „Ich weiß das. Und ich weiß auch, dass Sie damals ein bisschen in seine Tante verliebt waren. Kommen Sie noch mit in die *Kulisse*? Ich habe einen kleinen Imbiss vorbereiten lassen."

„Es wäre mir lieber, wenn Sie mich davon befreien würden", sagte ich. „Mir ist nicht nach Gesellschaft."

„Ich verstehe", sagte sie. „Ich meine, ich verstehe es wirklich. Ich hatte Sie gebeten zu warten, weil ich einen Brief für Sie habe. Von Johannes. Er hat ihn geschrieben, als er schon wusste, dass er nicht mehr lange leben würde. Er bat mich, Ihnen den Brief zu geben." – Sie holte einen weißen Umschlag aus ihrer Handtasche und gab ihn mir. – „Ich kenne den Inhalt nicht", fügte sie hinzu.

Ich weiß nicht, ob ich bleich wurde, es fühlte sich so an. Ich war davon überzeugt, erneut so etwas wie einen Fluch in der Hand zu halten.

„Sie können es sich ja noch überlegen", sagte Vera Ronneburger und gab mir die Hand. „Wo die *Kulisse* ist, wissen Sie doch, nicht wahr?"

„Ja", sagte ich, „ich weiß, wo die *Kulisse* ist."

Ich irrte eine Weile ziellos auf dem Waldfriedhof umher, bevor ich die innere Ruhe, oder sagen wir ruhig: den Mut fand, mich auf eine Bank zu setzen und den Brief zu öffnen.

Er war mit der Hand geschrieben, in der großen, und wie ich immer gefunden hatte, ein wenig gewalttätig wirkenden Handschrift von Johannes:

Lieber Ben,

ich danke Dir, dass Du zu meiner Beerdigung gekommen bist. Ich habe es gehofft, ich habe es mir gewünscht, und nun bist Du also da und hast gesehen, wie ich in die Grube gefahren bin.

Woher ich das weiß?

Ich habe Vera aufgetragen, Dir diesen Brief nur zu geben, wenn Du kommst.

Aber nun bist Du ja da.

Ich weiß nicht, ob Du zum Leichenschmaus mit in die Kulisse gehen wirst, vielleicht liest Du erstmal diesen Brief und dann? Jedenfalls kennst Du die Kulisse, Du bist ja hier zur Schauspielschule gegangen, worum ich Dich damals übrigens beneidet habe, weil sie ohne Wenn und Aber die beste Schauspielschule in ganz Deutschland war. Dass ich mein letztes Engagement hier an den Kammerspielen hatte, hängt nicht zuletzt damit zusammen. Ich wollte da enden, wo Du angefangen hast. Oder nein, ich wollte am Ende meines Lebens auf der Bühne stehen, auf der Du auch schon gestanden hast, wenn auch nur in winzigen Rollen oder als Statist, wie es nun einmal das Schicksal des

Schauspielschülers ist. Ich habe in Hamburg auch klein angefangen, bevor ich dann in Kiel und Flensburg die ersten großen Rollen bekam.

Aber Schluss mit dem Geplauder.

Mein lieber Ben, ich will Dir, bevor ich sterbe, dafür danken, dass es Dich gibt. Ohne Dich wäre ich nicht der geworden, der ich war. Man hat von mir immer als von einem großen Schauspieler gesprochen, oft auch von einem Genie, und wenn daran etwas war, dann verdanke ich das der Begegnung mit Dir. Das ist die Wahrheit.

Ich habe einmal zu Dir, daran musste ich in den vergangenen Tagen immer denken, den Satz gesagt: Nach allem, was ich für Dich getan habe – und Du hast Dich dagegen gewehrt und mich empört gefragt, ob Du mir jetzt dankbar dafür sein müsstest, dass Du mit mir zusammen warst. Du erinnerst Dich? Wir waren im Alsterpavillon gewesen und vorher in einem Vortrag über die Areté, und Du hieltest es danach für nötig, Dich von mir zu trennen.

Du hattest ja Recht.

Ich weiß nicht, was oder wieviel ich für Dich getan habe, ich weiß aber, dass ich einen gewissen Einfluss auf Dich hatte, ohne den Du vermutlich nicht der geworden wärest, der Du bist. Aber hattest Du dadurch weniger Einfluss auf mich?

Es braucht manchmal ein bisschen Zeit, bevor der Liebende erkennt, dass er dem Geliebten ALLES verdankt, nämlich seine Liebe. Und es ist der ewige Irrtum des Liebenden, dass er glaubt, ein Recht auf Erwiderung zu haben.

Aber Du hast meine Liebe ja erwidert, auf Deine Art.

Oh, nein, glaub nicht, dass ich es nicht bemerkt hätte. Ich habe oft, fast möchte ich sagen: immer, am Premierenabend, bevor es losging, durch das Guckloch im Vorhang in den Zuschauerraum gelugt, um zu sehen, wer da ist – um *zu sehen, ob Du da bist. Das erste Mal sah ich Dich, als ich in Düsseldorf spielte, und ich kann nur sagen, dass ich von unbändiger Freude erfüllt war, Dich im Publikum zu wissen.*

Du wirst Dich erinnern, es war die Premiere von Shakespeares Sturm, ich spielte den Prospero, und ich hatte nie zuvor so überschwänglich jubelnde Kritiken bekommen. Bisher war ich ein guter Schauspieler gewesen. Jetzt nannte man mich einen großen Schauspieler. Ein „genialer" Schauspieler war ich den Kritikern zufolge in Zürich, nach der Premiere von Wallenstein, und dass Du extra für mich in die Schweiz gekommen bist (ich weiß noch, dass ich Dich in der siebten Reihe entdeckte), war für mich kaum fassbar. Aber vielleicht, warst Du ja gar nicht extra für mich gekommen, vielleicht hattest Du gerade etwas mit dem Haffmanns Verlag oder mit dem Diogenes Verlag zu besprechen, du hattest ja inzwischen angefangen, Romane zu schreiben.

Oh ja, Ben, ich habe alles gelesen, was Du geschrieben hast, und ich war stolz auf Dich, das darfst Du mir glauben, Tote lügen nicht. Ich hoffte natürlich auch, dass Du stolz auf mich wärest, ich war ja nicht frei von Eitelkeit. Lob ist das Manna des Schauspielers, und für mich war es immer das höchste Lob, wenn Du in eine meiner Premieren gekommen bist, sogar noch ganz zuletzt. Glaubst Du, ich hätte Dich nicht gesehen, als ich im Werkraumtheater Das letzte Band *von Beckett spielte? Du hattest Dich – mit Absicht? – in die letzte Reihe gesetzt, aber obwohl meine Augen schon erbärmlich schlecht waren (sie waren ja niemals gut), erkannte ich Dich doch an Deinen inzwischen schlohweißen Haaren.*

Warum bist Du niemals im Anschluss an die Vorstellung zu mir in die Garderobe gekommen?

Nun, vielleicht war es besser so. Denn das Eigentliche, das, was Dich und mich auf unsere Umlaufbahnen katapultiert hat, geschah wohl unwiederbringlich damals, in diesen zwei, drei Jahren in denen wir einander geprägt haben. Denn auch Du hast mich geprägt. Nicht nur ich Dich (wie ich in Deinen Romanen immer wieder bemerken konnte). Ja, wir haben einander geprägt. Das ist das Wesen der Liebe.

So. Und nun ist es gut. Nun ruhe ich in Frieden. Danke, dass Du gekommen bist.

Ewig Dein
Johannes

Ich faltete den Brief zusammen und schob ihn zurück in den Umschlag. Ich war verwirrt, so verwirrt, wie ich es früher oft gewesen war. Irgendetwas in mir rebellierte gegen diesen Brief, ich wusste genau nicht, was es war. *Es ist der ewige Irrtum des Liebenden, dass er glaubt, ein Recht auf Erwiderung zu haben.* Vielleicht war es das. Eine Stimme in mir sagte, dass Johannes immer noch darauf bestand, auch wenn es so schien, als hätte er sich von diesem Anspruch gelöst. Oder war es der andere Satz? *Wir haben einander geprägt. Das ist das Wesen der Liebe.*

Ja, es war die Wahrheit.

Ich erinnerte mich an den Abend in Zürich, an dem ich Johannes als Wallenstein bewundert hatte (ja, wirklich bewundert!), und es war tatsächlich so gewesen, wie er vermutet hatte. Ich hatte ein Gespräch im Haffmanns Verlag gehabt, hatte das Gespräch allerdings so gelegt, dass es mit dem Premierentermin im Schauspielhaus zusammenfiel. Es war übrigens unerfreulich gewesen, das Verlagsgespräch, aber das nur nebenbei.

Nein, ich war nicht zu Johannes in die Garderobe gegangen und hatte ihn auch nicht am Bühnenausgang erwartet, aber ich hatte ihm ein paar Wochen später ein

Theaterstück geschickt, das ich geschrieben und das eine fiktive Wiederbegegnung mit ihm zum Thema gehabt hatte. Es hieß *Der Weg zum Geist,* war in freien Versen geschrieben und mehr oder weniger komisch. Die Antwort von Johannes war äußerst verwirrend. Ich muss, um sie recht deutlich zu machen, erwähnen, dass ich damals in Charlottenburg wohnte, in der Goethestraße, und zwar in einem Hinterhaus im vierten Stock. Es war eine Altbauwohnung, anderthalb Zimmer, und wenn man die Eingangstür öffnete, befand man sich direkt in der großen Küche, die mit einem bastfarbenen Sisalteppichboden ausgelegt war. In der Eingangstür gab es einen Briefschlitz, durch den der Briefträger die Post einwarf.

Eine knappe Woche nachdem ich Johannes das Theaterstück geschickt hatte, saß ich in der Küche, trank Kaffee, las Zeitung und hörte wie der Briefträger die Treppen hinauf polterte (was musste der für kräftige Beine haben, vier Stockwerke hoch, ohne Fahrstuhl!). Wenig später öffnete sich die blecherne Briefklappe und ein Schwall von Briefen ergoss sich auf den bastfarbenen Boden, einer nach dem anderen, es schien, als wollte dieser Brief-Segen überhaupt kein Ende nehmen. Ich schlich, noch während der Briefträger am Werk war, zur Tür, um zu sehen, um was für eine sonderbare Briefflut es sich handelte, und ich erkannte schon von weitem an der großen, schräggestellten Handschrift, dass sie von Johannes kam.

Es war seine Antwort auf mein Theaterstück. Und die Antwort hieß: Sieh nur, Du kannst schreiben, aber ich kann es auch.

So verstand ich es, auch wenn ich nicht alle Briefe las. Ich öffnete den ersten, den zweiten, den dritten, und ich muss gestehen, dass ich nicht ein Wort, nicht eine Zeile mehr von dem erinnere, was in diesen Briefen stand.

Nichts.

Ich weiß aber, dass sich die äußerste Beklemmung auf meine Brust legte und ich nach dem vierten oder fünften Brief beschloss, den ganzen Haufen in den Kachelofen zu werfen und ungelesen zu verbrennen. Und dasselbe machte ich auch mit den vielen Briefen, die in den nächsten beiden Tagen noch ankamen. (Warum hatte Johannes nicht *einen* großen Briefumschlag genommen, warum zwanzig, dreißig, vierzig einzelne Briefe?) Es war offenbar ein Fehler gewesen, Johannes mein Theaterstück zu schicken. Ich hatte in ihm etwas aufgewühlt oder entfacht, das ich nicht mehr würde löschen können. Es sei denn, ich entzog dem neu aufgeflammten Feuer jegliche Nahrung ...

Ich stand auf und ging ziellos weiter auf dem Friedhof umher, bis ich mit einem Male abrupt stehenblieb. Auf dem Grabstein vor mir las ich:

Benjamin Franklin Wedekind
Geboren am 24. Juli 1864 in Hannover – gestorben am 9. März 1918 in München.

Es war als hätte mich irgendeine unsichtbare Hand an das Grab des Autors von *Frühlings Erwachen* geführt – , und für einen Augenblick hatte ich die Vision, Moritz Stiefel säße auf dem Grabstein und hielte seinen Kopf unter dem Arm.

Als ich ins Taxi stieg, nannte ich als Ziel die Kammerspiele in der Maximilianstraße.

Vera Ronneburger winkte mir mit einer kleinen Handbewegung zu, als ich in die *Kulisse* kam. Ich wartete, bis ein Platz neben ihr frei wurde, und nach einer Weile fragte ich sie, wann und wie sie Johannes kennengelernt hatte, und ob es nicht schwierig für sie gewesen sei, mit einem so großen Künstler zusammenzuleben?

„Oh und wie!", sagte sie mit einem humorvollen Seufzer. „Einfach war es jedenfalls nicht, das können Sie mir glauben. Aber ich möchte keine Sekunde mit ihm missen, keine Sekunde. Und wissen Sie", sagte sie und ergriff dabei meine Hand (ich bemerkte jetzt, dass sie das eine oder das andere Gläschen getrunken hatte), „wissen Sie, was für ihn in all den Jahren immer das größte Glück war? Ich meine, er hat mir ja alles erzählt über seine Freundschaft mit Ihnen, wie Sie sich beide in derselben Schulklasse kennengelernt hatten, wie Sie auf Sylt zusammen in diesem Schullandheim gewesen waren, davon, wie er Sie um den Jazz beneidet hat, ach, und natürlich von der Schüleraufführung mit *Frühlings Erwachen* und davon, wie er mit Ihnen die Rollen für die Aufnahmeprüfung geprobt hat, aber jetzt habe ich den Faden verloren, ich wollte Ihnen noch etwas sagen, was war es nur ...?"

„Das größte Glück", sagte ich.

„Ach ja", sagte sie, „das größte Glück war für ihn immer, wenn er vor einer Premiere durch den geschlossenen Vorhang guckte und Sie im Publikum erkannte. Er war da, sagte er dann hinterher zu mir. Er war auch heute wieder da. Und dann kamen ihm die Tränen, und er weinte, das weiß ich genau, vor Glück. Sie waren ja sogar noch im Werkraumtheater, als er *Das letzte Band* von Beckett spielte, seine letzte Rolle!"

Ich sah jetzt auch in ihren Augen eine Träne – oder wenn ich genau zähle – zwei. Sie war gerührt über ihn oder über ihre Erzählung von ihm, über seine Rührung und sein Glück, wenn er mich wieder einmal durch das Guckloch im Vorhang spähend im Publikum gesehen hatte.

Ich hielt ihre Hand und lächelte sie an. Ich hatte für einen Augenblick den Impuls, ihr die Wahrheit zu sagen, aber ich widerstand der Versuchung. Ich hätte weder ihr noch mir einen Gefallen damit getan. Oder hätte ich ihr sagen sollen, dass ich den großen und, wie oft gesagt wurde, genialen Schauspieler Johannes Ronneburger seit der Aufführung des *Wallenstein* in Zürich niemals mehr auf einer Bühne gesehen hatte?